LES
RÉFORMES NÉCESSAIRES

par

A. STIÉVENART

Ancien Sous-Préfet. Membre du Conseil municipal de Lille.

LA SITUATION.

L'Instruction. — Le Travail. — La Banque de France. — Les
Chemins de fer. — Les Professions privilégiées. — Le rôle de
l'État en matière de travaux publics. — La Production
de matières premières. — La création de Docks. — Les
Améliorations diverses.— L'administration et les administrés.
— Les Impôts. — Les Lois, délits et peines.

RÉSUMÉ.

PRIX : **2 fr. 50**

LILLE
RENAUDIN, libraire.
rue de Paris, 184.

PARIS
Librairie du *Petit Journal*.
rue Lafayette. 61.

1872

LES

RÉFORMES NÉCESSAIRES

LILLE. — IMPRIMERIE LEFEBVRE-DUCROCQ.

LES

RÉFORMES NÉCESSAIRES

par

A. STIÉVENART

Ancien Sous-Préfet, Membre du Conseil municipal de Lille.

LA SITUATION.

L'Instruction. — Le Travail. — La Banque de France. — Les Chemins de fer. — Les Professions privilégiées. — Le rôle de l'État en matière de travaux publics. — La Production de matières premières. — La création de Docks. — Les Améliorations diverses.—L'administration et les administrés. — Les Impôts. — Les Lois, délits et peines.

RÉSUMÉ.

Prix : **2** fr. **50**

LILLE
RENAUDIN, libraire,
rue de Paris, 184.

PARIS
Librairie du *Petit Journal*,
rue Lafayette, 61.

1872

LES

RÉFORMES NÉCESSAIRES.

La situation.

Le problème qui agite la France est à la fois politique et social. Ce double aspect présente de graves dangers car il mêle des questions qui pourraient être séparées. Si l'on parvenait à résoudre le problème politique, la solution des malentendus sociaux qui forment ce qu'on appelle improprement la question sociale, serait singulièrement facilitée. Rien de plus aisé que d'éliminer le premier élément et de délivrer la France d'une complication redoutable ; un peu de bon sens, d'examen, une plus grande dose d'instruction et de sang-froid suffirait.

La question politique sera écartée en France le jour où la forme gouvernementale aura été définitivement adoptée. De l'aveu même de ses adversaires, le système républicain est la combinaison à laquelle toutes les nations devront tôt ou tard aboutir. Mais ils distinguent ou plutôt il faut distinguer entre les dissidents : les uns croient de bonne foi que le pays n'est pas suffisamment mûr pour pouvoir l'appliquer actuellement ; les autres, que par un euphémisme contemporain on appelle les habiles, plaçant leurs convoitises personnelles au-dessus de l'intérêt national, préfèrent la

monarchie à cause de sa boîte de Pandore et parce
qu'une république n'est pas propice à certaines exploitations, qu'on n'y trafique pas ou moins aisément des
secrets de l'Etat, des places et des faveurs. Cette dernière catégorie d'opposants est, bien que formant la
minorité, la plus dangereuse car elle détient une partie
de la presse; elle entraîne dans son hostilité une portion
de la haute bourgeoisie que les coups d'Etat, les guerres
dynastiques et les plébiscites n'ont pu encore guérir ni
éclairer, car elle est toujours en proie à de folles ter-
reurs qui lui font confondre la réforme politique avec
la question dite sociale.

Aussi nous adressons-nous uniquement aux hommes
de bonne foi que le seul bien du pays anime et leur
disons-nous :

La forme républicaine devant être l'instrument gouvernemental qui régira la France, pourquoi ne pas
l'adopter résolument dès aujourd'hui ? A quoi bon vouloir lui substituer une monarchie éphémère pour l'établissement de laquelle il faudrait recourir à un coup
d'Etat douteux qui déterminerait une nouvelle effusion
de sang, une guerre civile, et qui, s'il pouvait réussir,
créerait, perpétuerait des agitations qui seraient la
ruine du pays ?

Admettons un instant qu'un coup de main monarchique parvienne à aboutir. La royauté après des
troubles et un malaise permanents dus à la résistance
de trois partis, ne tarderait pas à succomber.

C'est un dilemme fatal et l'histoire est là pour le
constater.

Arrêtons-nous donc définitivement après une expérience de soixante-dix ans à la forme républicaine, nous
écarterons par ce choix et la révolution et les invasions.
Il ne restera plus qu'à s'entourer de garanties sérieuses

pour empêcher qu'un général ambitieux, agissant ouvertement ou secrètement au nom d'un prétendant ou au sien propre, ne puisse comme au 18 brumaire et au 2 décembre, violer la loi et établir le despotisme.

La maturité s'acquerra par l'exercice du pouvoir, le pays apprendra à s'administrer. La science gouvernementale ne peut nécessairement s'obtenir que par la pratique, et chacun agissant loyalement et sans arrière-pensée monarchique, l'éducation politique sera rapidement faite. Bien des progrès ont déjà été conquis. Cette maturité ne se réalisera certainement pas sous une monarchie intéressée à la combattre, à la retarder et qui, pour se maintenir le plus longuement possible, préférera dépraver la nation, sauf quand elle se sentira chancelante à jeter la France dans de nouvelles aventures. Mœurs légères, honnêteté légère, administration légère, hommes d'Etat « au cœur léger », presse et littérature légères, politique légère, légèreté et corruption en tout, tel est le caractère de la monarchie. L'éducation publique a donc tout à perdre dans un semblable milieu; elle ne peut se répandre que par la réalisation sérieuse, sincère du système républicain, c'est-à-dire par le véritable gouvernement du pays par lui-même.

Le plus grand obstacle à l'application de la forme républicaine ne provient-il pas précisément des agissements du régime déchu, de la démoralisation qu'il a causée et dont le point de départ a été la violation de la constitution en décembre 1851 ? Cette robe de Déjanire, la monarchie, en enveloppe forcément le pays, car elle est intéressée à ce que les esprits ne réfléchissent pas, soient détournés des affaires gouvernementales et perdent le sens politique. De là le désarroi actuel d'une partie de la France.

Avec l'adoption sans retour de la forme républicaine, le problème politique se trouvera non-seulement résolu mais encore le problème social sera en bonne voie de l'être et de l'être pacifiquement. La séparation de ces deux questions ne peut être précisément obtenue que par l'établissement définitif de l'institution républicaine. Il est aisé de s'en rendre compte.

Jusqu'ici le parti de la Révolution a été composé de républicains et de ceux qu'on appelait hier socialistes, aujourd'hui internationaux. La République définitivement assise, le parti républicain dont les idées sont triomphantes et constitué de citoyens animés par la foi politique, certain d'être dans la vérité gouvernementale, devient le défenseur de l'ordre de choses établi ; sa devise est : *Conservation par le progrès.* Le parti de la Révolution perd les adeptes qui faisaient sa force, sa grandeur, sa puissance ; il est désagrégé et à jamais annihilé si les dissidents monarchiques honnêtes ne voyant que la cause de l'ordre et de l'intérêt social, se rallient patriotiquement aux conservateurs républicains.

Le bon sens populaire comprend instinctivement cette situation ; que de fois avons-nous entendu dans ces derniers temps cette réflexion : « avec une République il n'y a plus de révolutions à craindre, tandis qu'avec une monarchie, il y en a toujours une en perspective et certaine d'éclater après quelques années. »

La République est donc bien la conservation, l'ordre, la stabilité sous le rapport politique, comme elle est la préservation, le salut au point de vue social. Elle diminue le danger de certaines doctrines impraticables qu'elle isole ; seule elle peut les rendre inoffensives, sinon les faire disparaître entièrement.

Toute royauté a encore intérêt à perpétuer certains

abus dont ses familiers profitent. Elle a avantage à avoir une société troublée, à la troubler matériellement et moralement par des « blouses blanches » agissant dans la rue, dans les réunions publiques et par la presse. « *Diviser pour régner* » personnifie bien la monarchie.

Celle-ci pour mieux réussir, provoque et grandit les alarmes des citoyens aisés , se posant ensuite auprès d'eux comme le seul pouvoir capable de les sauver. Elle flatte d'autre part les pauvres dont elle paraît prendre en mains les intérêts et excite ainsi suivant ses besoins les classes de la société les unes contre les les autres. Après s'être jouée de tous et avoir enrichi ses familiers par le gaspillage des deniers publics et particuliers, elle conduit fatalement la France énervée à une catastrophe. Un beau jour les gens naïfs qui croyaient défendre l'ordre et la conservation, se ré- veillent au fond de l'abîme !

L'histoire depuis le commencement de ce siècle est là pour affirmer ce constant , cet inévitable dénouement.

Si une monarchie devait revenir, le même système de bascule et de désordre se reproduirait ; c'est la conséquence fatale de la royauté. Sous un semblable régime l'intérêt dynastique étant naturellement la pierre angulaire, on lui sacrifierait tout. A un moment donné nous assisterions en victimes au spectacle du navire monarchique faisant eau et jetant à la mer les prin- cipes et une partie de l'équipage, pour sauver le sou- verain, sa dynastie et son entourage. Nous y mar- chions sous l'empire ; on avait commencé par la loi, à dessein obscure, sur les coalitions ; et le temps n'était pas éloigné où, sous forme de participation aux bénéfices, la propriété industrielle d'abord, celle foncière ensuite, auraient été partiellement ou totalement lancées par dessus bord 1.

Ecartons donc le problème politique et imitons sans arrière-pensée, par conviction ou par raison, la Suisse et les Etats-Unis, les pays les plus prospères et les plus stables. Trois invasions suivies de trois démembrements (1814-1815-1870), trois coups d'Etat (18 brumaire, les ordonnances de 1830, le 2 décembre 1851), trois révolutions, nous y convient. Que de leçons depuis le commencement de ce siècle et quelle accablante condamnation de la monarchie. Quelle démonstration plus éclatante de son impuissance à maintenir la paix et le calme. Le passé nous montre que la France fût toujours dupe de la royauté.

Le premier Empire avait reçu en 1804 de la République, les frontières du Rhin et la paix d'Amiens conclue en 1802 avec l'Angleterre. En 1814 et 1815, à la suite d'une série de guerres pour placer les membres de la famille Bonaparte sur les trônes de l'Europe, la France était réduite aux frontières de 1789 après le massacre d'un million d'hommes et la perte de plusieurs milliards. La Restauration nous valut la terreur blanche aussi cruelle que celle de 1793, une guerre dynastique avec l'Espagne, une série de conspirations, et nous coûta un milliard dont elle fit don à ses familiers, les émigrés, qui avaient soulevé l'Europe contre nous, fomenté les insurrections de la Vendée et de la Bretagne et provoqué les excès de 1793. Les ordonnances qui violaient la Charte jurée

---

1 L'*Histoire de l'Internationale*, par E. Villetard, donne des détails intéressants sur les tentatives faites pour tâcher de rallier à l'Empire cette association.

déterminèrent la révolution de 1830, coup d'Etat populaire répondant à un coup de main monarchique. Le gouvernement de juillet ne songea qu'à gratifier de riches douaires les membres de la famille d'Orléans : Louis Philippe violant la maxime : *le roi règne et ne gouverne pas,* s'obstina à rejeter toute réforme électorale, interdit le droit de réunion et détermina en 1848 une révolution, l'unique moyen sous une royauté d'avoir raison d'un souverain en possession à vie du pouvoir.

La République avait relevé les finances de la France, diminué la dette pour la première fois depuis 1804 ; elle était établie, acceptée, prospère malgré les efforts dissolvants des partis monarchiques quand en décembre, 1851, pour des motifs personnels et en dépit de plusieurs serments solennels, elle fut nuitamment égorgée, l'Assemblée législative violemment expulsée, ses membres arrêtés, exilés et déportés avec plusieurs milliers de citoyens. Paris fut livré à une soldatesque égarée qui étouffa dans le sang la résistance légale. C'est comme toujours au nom de l'ordre que personne ne menaçait, de la propriété qui n'était attaquée que par quelques énergumènes vraisemblablement payés, que s'accomplit cette violation monarchique de la constitution qui nous valut les désastres de 1870. Au sein des ténèbres que la suppression de la presse républicaine avait amenées, le pays affolé par des récits mensongers, travaillé depuis longtemps, crut à l'anarchie, au partage et au spectre rouge. Il vota et il y eut 7,000,000 de *oui* contre 600,000 *non* dont les 9/10 signifiaient protestation contre le coup d'Etat, ce qui prouve que la fameuse armée des partageux, du désordre, n'avait existé que dans les colonnes d'une presse stipendiée. Ce plébiscite comme celui de 1804, comme plus tard celui de 1870 coûta cher au pays : de 1852 à 1870, l'Empire « qui devait être la paix » fut comme son aîné en lutte continuelle : la Crimée, l'Italie, la Chine, la Cochinchine, la Syrie, le Mexique, furent arrosés du sang de 100 à 200,000 de nos enfants et une dette énorme fut créée. Il aboutit à l'invasion de 1870, à un troisième démembrement, à une nouvelle hécatombe de 100,000 Français, à une perte de 10 milliards et au déshonneur de la France rejetée au deuxième rang.

Tel est le bilan de la monarchie depuis 1804 : l'ordre, la stabilité, la paix ne pouvaient avoir qu'une existence éphémère. Depuis le commencement de ce siècle, la royauté a été la croix douloureuse que le pays a portée ; elle a été son calvaire.

Ce spectre rouge qu'elle a toujours fait miroiter, elle en a créé la réalité. Du trône ont coulé des torrents de sang. C'est par milliers qu'il faut compter les victimes des guerres dynastiques et des proscriptions de 1804 à 1870. L'image du partage non moins habilement montrée, c'est elle, à son profit et à celui de quelques familiers, qui en a fait la réalisation ; les partageux du budget et des faveurs financières ont pris au pays des milliards. La seule liste civile depuis le commencement de ce siècle a coûté au Trésor plus d'un milliard. De 1804 à 1870, les impôts et la dette ont triplé et la rançon à payer à la Prusse va encore augmenter de 25 p. % ce lourd fardeau de la monarchie.

Abnégation donc de leurs préférences dynastiques de la part des hommes de bonne foi, qui placent l'intérêt de la France au-dessus d'une famille ou de prétendus sauveurs. L'adhésion à la République de l'honorable M. Thiers dont on ne contestera pas l'expérience, et l'un des fondateurs et ministre de la monarchie de Juillet, parle assez haut. Le parti républicain a donné depuis février 1871 un exemple éclatant de résignation et de désintéressement : depuis cette époque une réaction implacable que l'impartiale histoire jugera sévèrement et que l'opinion publique a déjà flétrie, n'a cessé de chasser sans discernement et sans le moindre égard pour leur dévouement, les républicains les plus honnêtes et les plus modérés qui s'étaient voués patriotiquement à la défense nationale dans les circonstances les plus difficiles. Ces mêmes hommes qui, manquant de courage et de patriotisme, les avaient suppliés de prendre à Paris et en province la direction des affaires pour maintenir l'ordre et les sauver de l'anarchie, n'ont songé, aussitôt le danger disparu, qu'à les faire destituer pour leur substituer des monarchistes avoués servant actuellement la République après l'avoir, comme fonctionnaires politiques des régimes déchus, combattue et calomniée. C'est cette réaction royaliste s'inspirant des plus déloyales pratiques, qui a constamment tenté malgré les plus éclatants services, le renversement du chef du Pouvoir Exécutif que les élections républicaines accomplies depuis le 30 avril 1871 ont seul préservé de ses fureurs et la nation de nouvelles ruines.

Ce sont les éléments monarchiques dénoncés si vigoureusement par M. Thiers qui, depuis février 1871, ont semé l'agitation et l'inquiétude dans le pays, dans le but d'arrêter le travail et de provoquer la désaffection.

Les citoyens honnêtes en fermant l'oreille aux insinuations malveillantes des hommes du passé, à leurs hypocrites jugements sur la forme républicaine, en se ralliant énergiquement à cette dernière, résoudront enfin le problème politique, fermeront à jamais l'ère des révolutions et assureront désormais à la France la stabilité, le repos et la prospérité que soixante-dix ans d'essais multipliés et variés de la monarchie n'ont pu lui procurer.

Alors, mais alors seulement, débarrassée d'une royauté fatalement révolutionnaire et de ses familiers, ennemis de toute amélioration qui ferait cesser l'exploitation et l'ignorance du pays, la France, par l'organe d'une Assemblée sincèrement républicaine, pourra aborder les réformes dont nous signalons plus loin les principales et résoudre pacifiquement, honnêtement et à l'avantage de toutes les classes de la société, mais au détriment, il est vrai, de quelques privilégiés suffisamment repus, le problème social gros de périls si on tarde plus longtemps à en aborder l'étude et la solution.

Ordre des réformes.

Les améliorations à apporter à notre état social sont
de diverses sortes ; elles s'adressent :

1º à l'instruction ;

2º au travail ;

3º à notre système administratif ;

4º au mode de contributions ;

5º à nos lois.

C'est-à-dire au développement et à l'emploi de l'intelligence ; à l'accroissement des ressources matérielles ;
à la direction plus parfaite des affaires administratives,
et à une répartition équitable et rationnelle des charges
publiques et de la justice.

L'instruction.

L'instruction présente de considérables lacunes. En 1869, il était constaté aux opérations du tirage au sort que 20 pour 100 de conscrits ne savaient ni lire ni écrire [1]. Ainsi même l'élémentaire connaissance de la lecture et de l'écriture était ignorée de 20 citoyens sur 100, c'est-à-dire sur 38 millions d'habitants, de 7,600,000 d'entre eux. Ce chiffre est plus élevé, car en France la femme est généralement illettrée.

Non-seulement de nombreux sujets sont complètement ignorants, mais encore les enfants apprenant simplement à lire et à écrire, reçoivent dans nos écoles primaires une instruction insuffisante, et c'est le plus grand nombre. Ces rudiments sont même rapidement oubliés, car à peine rentrés dans leurs villages, les jeunes gens ne lisent plus et restent en dehors des progrès que chaque jour amène.

Dans cette question de l'éducation, nous avons été en France comme en beaucoup de choses, dépassés par d'autres peuples.

Un document officiel publié en 1870 — *Rapport adressé aux membres de l'Instruction publique,* par M. Hippeau, professeur à la Faculté de Paris, — nous donne sur l'instruction aux Etats-Unis que ce fonctionnaire avait été chargé d'étudier, des détails que nous ferons bien de mettre à profit [2].

---

1 *Annuaire de l'Economie politique*, 1870, p. 14.

2 Cet intéressant travail a été publié en 1870, chez Didier et Cie, libraires à Paris.

« On ne connaît pas, dit-il, en Amérique cette inique et impolitique répartition du savoir qui, pendant si long-temps, a été considérée en France comme une sorte de nécessité sociale, accordant aux pauvres et aux habitants des campagnes l'instruction primaire, et réservant aux privilégiés de la fortune l'enseignement secondaire et l'enseignement supérieur. Le système de l'Amérique assure aussi bien aux écoles rurales qu'aux écoles urbaines le bienfait de l'instruction secondaire [1].

« L'éducation publique a pour but de procurer à tous les élèves une instruction qu'ils pourront, au sortir des écoles, appliquer aux diverses professions de la vie ou à l'accomplissement des devoirs imposés aux citoyens et aux citoyennes d'une grande république. Tout en les rendant propres à diverses fonctions et professions qui n'exigent pas une haute culture scientifique, elle les prépare à l'enseignement des colléges, des facultés et des écoles spéciales nécessaires à ceux ou à celles qui doivent exercer des professions libérales et savantes.

« L'instruction donnée à tous embrasse les études comprises dans ce que nous désignons, en France, sous les noms d'instruction primaire, élémentaire et supérieure, d'enseignement secondaire spécial, et en partie de l'enseignement secondaire classique des colléges et des lycées. Sept millions d'élèves sont appelés à profiter de toutes les ressources que procure un enseignement dont la plus grande partie n'est donnée en Europe qu'aux enfants des classes privilégiées ; 450 millions sont au moins employés chaque année à la fondation et à l'entretien de ces écoles publiques, dont le nombre est aujourd'hui de 200,000 (c'est une école pour 180 habitants), dirigées par 350,000 instituteurs et institutrices ;

1 Page vii.

celles-ci comptent pour les deux tiers [1] ; elles sont surveillées et inspectées par des fonctionnaires nommés par des comités élus par le peuple et ne comptant pas moins de 500,000 membres, s'intéressant directement aux progrès de l'éducation populaire [2].

« L'instruction publique est partout l'affaire de la commune. La Constitution lui impose le devoir d'établir un nombre d'écoles suffisant pour recevoir tous les enfants qui sont en âge de s'y rendre. L'Etat peut intenter une action à la commune pour l'obliger à s'imposer la taxe nécessaire à l'entretien de ses écoles [3]. »

L'éducation de la femme dont l'influence est si grande n'a pas été négligée :

« Tandis qu'en Angleterre, en France et dans plusieurs Etats de l'Europe, on agite la question de savoir jusqu'à quel point doit être poussée l'instruction des femmes, que l'on révoque en doute leur droit à une éducation supérieure à celle qu'elles reçoivent aujourd'hui, que l'on va jusqu'à leur refuser une intelligence

---

1 Un surintendant de l'instruction à New-York, M. Rice, faisant remarquer que les quatre cinquièmes des personnes employées dans les écoles de l'Etat sont des femmes, considère l'enseignement comme leur véritable vocation : « L'élévation de leur esprit, dit-il, se communique naturellement aux élèves qui sont en rapport journalier avec elles ; gracieuses, douces et pures, elles les rendent comme elles doux, purs et gracieux. La femme, bien plus pénétrante que l'homme, connaît mieux que lui le cœur humain et particulièrement celui des enfants. Elle les maintient dans le devoir par l'affection, mieux que ne le font les instituteurs par leurs règlements et leurs systèmes de répression. Leurs tendres reproches produisent plus d'effet que les menaces et la froide logique de ceux-ci. Enfin nous pouvons être certains que tout enfant élevé par des institutrices capables, sortira de leurs mains pourvu de sentiments *incompatibles avec une existence vicieuse*, son cœur sera sensible, ses goûts délicats, son esprit vif et subtil ».

2 Rapport de M. Hippeau, p. 178.

3 Id., p. 180.

suffisante pour les hautes études scientifiques, il est une nation pour laquelle la question est depuis longtemps résolue. Les Etats-Unis, habitués à donner l'expérience pour base à toutes les théories, n'ont pas commencé par se demander quelles pourraient être pour la famille et la société les conséquences d'une grande extension donnée à l'éducation des femmes. Ils leur ont ouvert toutes les écoles ; ils ont voulu qu'elles ne demeurassent étrangères à aucune des branches de l'enseignement scientifique et littéraire, et ils ont pu juger ensuite, en connaissance de cause, s'ils avaient bien ou mal fait d'admettre leur droit à l'instruction, fondé sur l'égalité des intelligences et des aptitudes. Les admirables résultats qu'ils ont obtenus sont la réponse la plus victorieuse que l'on puisse faire aux objections qui se produisent partout où la question de l'émancipation intellectuelle des femmes n'ayant pas été résolue par la pratique, n'est pas encore sortie du domaine de la discussion [1]. »

Nous avons tenu à citer ces extraits d'un document officiel pour bien faire ressortir notre infériorité en matière d'instruction.

Notre enseignement primaire en France n'a pas encore obtenu le bénéfice de la gratuité. Sur les 75 millions de francs environ qui lui sont alloués, plus de 21 millions restent à la charge des familles, c'est-à-dire que la somme fournie par l'Etat, le département et la commune s'élève en réalité à 54 millions, alors qu'aux Etats-Unis elle n'est pas moindre de 450 millions pour une population égale à la nôtre ! [2]

---

1 Rapport de M. Hippeau, p. 79.

2 *Dépenses comparatives pour l'instruction en France et aux États-Unis.*

	ÉTATS-UNIS.	FRANCE.
Population	38,422,000 h.	38,000,000 h.
Dépenses d'instruction :	450,000,000 fr.	75,000,000 fr.
Dépense par tête . . .	11 fr. 71	1 fr. 96

Renfermé dans d'étroites limites, c'est-à-dire borné en majeure partie à la connaissance de la lecture, de l'écriture et parfois de l'arithmétique, notre enseignement primaire est tout à fait incomplet. L'instruction réelle n'étant accessible qu'à la classe riche, c'est-à-dire à une infime minorité, il en résulte une infériorité considérable pour la France. Il découle de cette situation diverses conséquences : nous y perdons, les autres peuples nous dépassent ; la masse de la population étant ignorante est à la merci de doctrines dont un peu d'instruction lui eût démontré le vide et les dangers, elle sent confusément l'injustice de l'ostracisme dont on la frappe et l'imperfection de notre état social ; aussi est-elle instinctivement hostile [1].

Nombre d'hommes supérieurs restent dans la foule parce que l'instruction leur a fait défaut, et cette volontaire stérilité crée autant de pertes pour le pays et pour l'humanité. Aussi que d'individus laisseraient leur hostilité contre la société s'éteindre ou s'attiédir si les ténèbres qui obscurcissent leur raison disparaissaient.

Elever le niveau intellectuel, c'est donc faire jaillir de nombreux sujets qui, à divers échelons, en industrie, en commerce, dans les arts, les administrations et l'armée, feraient la gloire de la nation, sa grandeur et sa prospérité. La France en 1866 comptait 3,310,702 enfants de 7 à 13 ans, et sur ce nombre 663,360 ne

---

1 Contraste significatif, les républiques des Etats-Unis et de la Suisse où tous les citoyens ont reçu une large instruction, sont les gouvernements où il y a le moins de mécontents et où l'ordre est le plus respecté.

Phénomène non moins instructif, aucune aspiration monarchique n'existe hez ces deux peuples, tandis que dans tout pays géré par une monarchie il se trouve un parti républicain, et de continuelles protestations s'y font entendre.

fréquentaient pas l'école primaire [1]. Une partie importante du capital intellectuel de la nation est donc
improductive, non qu'il n'existe pas, mais parce que
nous ne savons pas en tirer profit.

Cette situation est inique ; elle est, politiquement et
matériellement, fatale au pays. Si nous n'avons pas
plus de travailleurs réfléchis [2], de contre-maîtres
capables [3], d'administrateurs intelligents, d'hommes
supérieurs, si les idées présentent tant de versatilité
surtout en matière gouvernementale, c'est à notre système d'éducation qu'il faut l'attribuer. On a crié à
la décadence, on a dit que nous nous laissions dépasser
par d'autres peuples : nous venons d'en indiquer le
principal motif.

Si les Etats-Unis, la Suisse et l'Allemagne nous dépassent sur tant de points, c'est au développement
donné à l'instruction dans ces pays qu'il faut princi-

1 D'après la statistique de 1866, voici quel était le degré d'instruction des
enfants qui avaient quitté l'école pour n'y plus rentrer :

	EN 1866
Avaient quitté l'école.................	594.770
Ne sachant à la fois lire et écrire....................	80.995
Sachant seulement lire et écrire....................	114.071
Sachant lire, écrire et compter....................	275.498
Possédant tout ou partie des matières facultatives......	124.206
Total.......	594.770

Il est à remarquer que les enfants représentant les deux premières caté-
gories sortent de l'école avec si peu d'instruction que, au bout de quelques
années, ils auront tout ou presque tout oublié.

2 Une partie du travail s'opère aujourd'hui par machines ; cette transformation qui, de l'ouvrier obligé de déployer autrefois toute sa force mus-
culaire, a fait un surveillant des métiers qu'il dirige et exige une plus grande
dose d'intelligence, ne tardera pas à s'étendre à toutes les branches.
Logiquement, le développement de son intelligence serait donc profitable
aux nouvelles conditions qui vont régir entièrement le travail.

3 Un certain nombre de nos établissements industriels sont dirigés par
des étrangers

palement l'attribuer. Loin d'être une cause de troubles et de dangers, l'enseignement chez ces peuples a fait des citoyens, des esprits réfléchis, pratiques, que le merveilleux de certaines doctrines n'a pas séduit ou séduit moins parce qu'ils peuvent les analyser et les apprécier. L'ignorance n'est pas seulement l'esclavage de l'intelligence, elle produit encore l'épanouissement des instincts brutaux.

On a dit que c'était le maître d'école prussien qui avait vaincu à Sadowa, nous craignons qu'il ne soit aussi entré pour une bonne part dans nos défaites. On a beaucoup parlé de réorganisation militaire, nous ferons bien de ne pas oublier que le point de départ doit être l'instruction et qu'elle seule peut former les soldats intelligents et obéissants, les sous-officiers et officiers capables.

La société repose sur l'instruction, c'est son fondement, et nous ne devons pas, pour de puériles craintes ou d'étroits calculs, redouter de l'étendre. L'exemple des pays cités plus haut est d'ailleurs significatif. Sachons en profiter. Comme preuve de la rapidité qu'on pourrait déployer, signalons encore la grande république américaine. Le 1er janvier 1863, le président Lincoln proclame l'affranchissement de la race noire ; le 22 du même mois une loi instituait un conseil d'émancipation ; à la fin de la guerre 40,000 nègres savaient lire et écrire. En 1863, 4,000 écoles pour la race noire étaient créées ; eux-mêmes en avaient établi 1,200. Cette même année 300,000 affranchis participaient aux bienfaits de l'instruction.

A notre avis, il y a lieu en France d'appliquer immédiatement les dispositions suivantes :

Obligation de l'instruction de 6 à 12 ou 13 ans ; gratuité pour les enfants dont les familles ne posséderaient pas de ressources suffisantes ;

Nécessité d'un certificat de capacité pour pouvoir, à partir de 12 ans, quitter l'école ;

Large extension du programme des études ;

Création dans chaque village d'une ou plusieurs écoles pour les deux sexes, avec gymnase, et suivant un chiffre d'élèves à déterminer pour chacune. Cette dernière institution serait d'un précieux secours pour préparer avantageusement les jeunes gens au travail et à l'armée.

Chaque département, sous la surveillance de l'État, devrait pourvoir à l'application de ces mesures et obliger les communes, au besoin créer un fonds commun pour l'instruction.

L'enseignement serait libre sous certaines conditions ; les enfants des écoles dues à l'initiative privée comme ceux fréquentant les établissements de l'Etat, ne seraient libérés qu'après avoir passé un examen de premier degré.

Les jeunes gens ne pouvant suivre les cours des écoles spéciales, auraient la faculté de subir des examens [1] qui leur feraient conférer ou non le diplôme.

Des écoles normales d'instituteurs et d'institutrices [2] seraient établies par un ou plusieurs départements, suivant le nombre de titulaires nécessaires.

Les réformes qui précèdent s'adressent en majeure partie à la génération à venir ; il importe encore de s'occuper de la génération actuelle de 10 à 20 ans. Aussi serait-il utile d'ajouter les mesures suivantes :

[1] Des jeunes gens ayant subi l'examen de premier degré et dont les parents habitant la campagne ne seraient pas assez riches pour les envoyer à une école spéciale, peuvent parfois trouver à apprendre, avec l'aide d'un professeur particulier ou par eux-mêmes, l'enseignement de ces établissements.

[2] Les établissements des Filles de la Légion-d'Honneur de Saint-Denis et d'Ecouen pourraient servir de pépinières.

Aucun livret ne sera délivré aux enfants atteignant 13 ans s'il n'est démontré qu'ils savent au moins lire et écrire. Plus tard, le certificat de capacité sera de rigueur.

Il sera établi dans chaque régiment une école par une ou deux compagnies. Transitoirement, tout soldat illettré n'aura droit à son congé qu'après avoir appris à lire et à écrire. Pour les jeunes gens ayant ces connaissances — et ce serait le cas général après quelques années d'enseignement obligatoire, — il sera créé divers cours [1]. La libération du service, après le délai fixé par la loi militaire, serait donnée après délivrance d'un certificat de capacité. Ainsi chaque citoyen en rentrant dans la vie civile aurait acquis des connaissances profitables ; l'armée deviendrait, à un âge où l'intelligence est dans tout son éclat, la grande école nationale. On aurait la caserne-école avec gymnase pour le développement des forces physiques. Que de résultats féconds sous tous les rapports seraient ainsi obtenus. La plupart des officiers sortant des écoles supérieures, on trouverait à puiser parmi eux d'excellents éléments pour l'enseignement.

Il resterait à organiser les écoles spéciales.

Nous croyons que tout groupe de population atteignant 1 à 3 millions d'habitants, — ce qui représente plusieurs départements — devrait être tenu de se pourvoir, d'après les besoins de chaque région, des enseignements suivants : Arts et métiers, y compris le programme des écoles polytechnique et centrale de Paris [2] ; commerce ; agriculture ; facultés de droit et de médecine.

Dans les régions minières et manufacturières, un conservatoire d'arts et métiers avec cours publics, des

1 Agriculture, arts et métiers, commerce, etc.

2 Pourquoi ne possédons-nous en France qu'un seul établissement pour ces deux écoles ?

écoles d'enseignement supérieur et secondaire des mines seraient créées.

En Belgique, il existe des écoles pratiques de tissage, de fabrication de dentelles, de couture, de dessin ; ce sont là des éléments à adjoindre aux écoles et à répandre, au besoin, par des établissements spéciaux.

L'enseignement secondaire ajouté à l'instruction primaire ne nous procurerait pas encore l'enseignement supérieur. Nécessairement ce dernier comme celui des écoles spéciales restera confiné dans certains centres. Pour en faire profiter les sujets les plus intelligents, il serait indispensable que chaque département distribuât annuellement un certain nombre de bourses et demi-bourses. A cette fin, un concours public serait ouvert au chef-lieu de chaque canton ou d'arrondissement. De cette façon la fraction de la jeunesse la plus apte et présentant la plus grande somme de ressources intellectuelles, serait cultivée.

L'étude des langues vivantes, si négligée, nous paraît exiger aussi une large extension : la France compte un grand nombre d'étrangers qui, par la connaissance de notre idiôme, occupent chez nous des positions avantageuses. D'un autre côté, nos branches de travail souffrent de cette situation dans leurs relations avec le dehors, et encore de notre insuffisance de connaissances industrielles et commerciales.

Enfin nous pensons qu'il y a nécessité de pourvoir à l'enseignement de notions d'économie domestique, de mutualité et d'épargne.

Il est bon aussi de faire remarquer à ceux qui, par leur naissance ou leur travail acquerront un jour soit la richesse, soit l'aisance, que tous nous descendons du même homme ; et qu'à cette société qui leur garantit ou leur a procuré la fortune, ils doivent assistance dans sa pénible tache afin de pouvoir ainsi, en arrivant là-haut, dire au Créateur qu'ils l'ont honoré en venant au secours de leurs semblables. Qu'ils imitent l'exemple des Anglais et des Américains : les dons et legs pour la fondation ou le développement d'écoles, d'établissements charitables, etc., sont énormes dans ces deux pays ; la seule ville de Londres donne plus que la France entière. Chez cette dernière la classe aisée est souvent égoïste ou plutôt elle ne se rend pas compte des devoirs qui lui incombent ; elle borne généralement son rôle à gagner de l'argent et elle perd toute influence. Elle ne doit pas s'étonner de l'hostilité qu'elle rencontre parfois et qu'elle pourrait remplacer par du respect et de la sympathie.

L'ouvrier de son côté doit apprendre que du moment où il s'est engagé dans une usine, il est redevable de tout son travail. Il faut qu'on lui montre par des chiffres combien sont funestes pour sa santé et sa bourse, l'ivresse et la perte de journées, combien encore il lui est onéreux de recourir au crédit pour ses achats. L'éducation en relevant son intelligence, en fortifiant sa raison lui permettra d'apprécier plus vivement la justesse de ces observations.

Mais il ne suffit pas d'apprendre, il faut que chacun en rentrant chez soi puisse continuer à s'instruire et à bénéficier des nouvelles conquêtes intellectuelles. C'est dans ces divers buts que nous croyons indispensable la fondation de conservatoires d'arts et métiers avec cours publics dans les cités au-dessus de 25,000 habitants, et la création dans chaque école ou mairie de bibliothèques populaires où, par la fréquentation le soir et le prêt, chacun trouverait distraction et profit. Que de cultivateurs, d'industriels, de commerçants et de travailleurs ont dû à la lecture, soit une idée utile, soit un bienfaisant passe-temps.

Un premier fonds de 2 à 300 volumes suffirait ; il s'augmenterait par les dons et de nouveaux achats.

En 1870 la France comptait 12,713 bibliothèques scolaires possédant 988,728 volumes installées généralement dans des mairies ; le nombre des communes en France atteignant 35,000, il resterait donc à créer 22 à 23,000 bibliothèques.

La question de la diffusion de l'instruction est si capitale, qu'à l'exemple des Etats-Unis la poste en France devrait transporter gratuitement les journaux et les revues ; pour les brochures et livres, sauf les romans, la taxe pourrait être abaissée au prix de revient. Enfin nous pensons que pour obtenir le papier au meilleur marché possible, il serait utile de le dégréver de tout impôt et d'augmenter les droits de sortie sur les chiffons.

Le remarquable rapport de M. Hippeau sur les Etats-Unis contient des renseignements extrêmement intéressants et il est à espérer que la France n'hésitera pas à en faire son profit. Nous y avons lu ce fait significatif : « En 1819, la Prusse a publié une loi obligatoire pour l'éducation des filles ; elle a rencontré d'abord une violente opposition et, comme à l'ordinaire on a crié à la violation du droit de la famille. Mais en douze années le crime et le paupérisme avaient diminué de 40 % et aujourd'hui personne ne songerait à demander la révocation d'une loi aussi utile.»

L'Américain Channing dans ses œuvres sociales dit avec raison :

« Le travail cesse d'être un bien lorsqu'il absorbe toute la vie, Il faut qu'il soit associé à de plus nobles moyens de progrès, autrement il dégrade au lieu d'élever. L'homme a une nature variée qui, pour se déve-

lopper, demande des occupations et une discipline
variées. L'étude, la méditation, la science et la récré-
ation doivent être entremêlées au travail physique.
L'homme a une intelligence, un cœur, de l'imagination,
du goût aussi bien que des os et des muscles ; c'est lui
faire tort que de l'occuper exclusivement à gagner sa
vie matérielle. »

Le travail.

La classe ouvrière a fait depuis quelques années des efforts considérables pour améliorer sa situation. C'est là un sentiment très naturel, et au lieu de le condamner sans examen comme le font à la légère certaines gens, il serait juste et humain de voir s'il n'y aurait pas possibilité d'adoucir le sort d'un grand nombre de nos semblables. Certes, il y a bien des réformes honnêtes, utiles à faire, à la réalisation desquelles toutes les classes de la société gagneraient ; il y va d'ailleurs de l'intérêt même des plus aisées.

Malheureusement, ni du côté du travailleur, ni de celui du patron, on ne se rend un compte exact des causes qui empêchent en France la production et les salaires de croître, et les travailleurs les plus intelligents de s'élever.

Dans l'espoir de faire augmenter le gain, l'ouvrier s'adresse à la grève.

Le remède est presque toujours pire que le mal.

La réalité est que le salaire progresse en raison du développement de la production, et que c'est uniquement l'accroissement de cette dernière qui a pour résultat de permettre à un certain nombre de travailleurs, les plus capables et les plus laborieux, de passer contremaîtres et directeurs, pour s'établir ensuite et devenir patrons.

La production s'élargissant, c'est nécessairement la demande d'une plus grande somme de main-d'œuvre ; de nouvelles usines s'ouvrant ou, les anciennes augmentant leur fabrication, il faut de nouveaux bras à tous les degrés et pour les attirer on n'hésitera pas à leur présenter un gain plus élevé. Ce mouvement s'accentuant, on arrivera naturellement un jour à offrir une participation dans les résultats du travail.

Ce phénomène est tellement vrai que forcément les salaires augmentent et qu'aucune résistance ne saurait empêcher cette progression. Ainsi, de 1849 à 1864, date de la loi sur les coalitions, les salaires ont doublé en France sans qu'aucune grève notable se soit produite et par le fait unique du développement de la production et de la demande de bras qui en est la conséquence.

Autre preuve : durant la même période, ce sont les industries qui ont le plus progressé dont les salaires se sont le plus accrus malgré la concurrence des bras venus des autres branches ; les travailleurs de celles-ci ont de leur côté éprouvé une certaine amélioration de ce déplacement. Qu'on prenne les localités où l'industrie s'est installée et développée depuis vingt ans, on remarquera dans le taux des salaires et dans l'emploi des bras une progression notable.

Une autre erreur économique est de croire que les gains doivent monter parallèlement à l'accroissement des denrées alimentaires, etc. La vérité est, comme nous le démontrons plus haut, qu'ils s'élèvent uniquement en raison de l'extension de la production. La preuve en est encore dans la différence des salaires d'une localité à une autre, et d'une industrie à une autre industrie situées dans un même centre.

C'est donc bien vers l'accroissement de la production que les véritables amis de la classe ouvrière devraient rationnellement concentrer leurs efforts, et condamner la grève qui cause un chômage désastreux aux ouvriers, arrête les usines, leur enlève des ressources qu'elles

auraient pu appliquer à se développer, effraie les capitaux et jette la haine entre des classes faites pour
s'entendre. Elle aboutit presque toujours à la ruine et
à l'hostilité.

On commence à s'apercevoir que la grève est un instrument dangereux et non moins funeste à la production qu'elle blesse, qu'aux ouvriers qu'elle condamne
à l'inaction et à la misère.

Le cercle est d'ailleurs vicieux : si tout augmente de
dix pour cent, par exemple, salaires et produits, quel
avantage peut retirer le travailleur de cette progression
qui se balance. Il n'a rien gagné ; c'est donc prendre
la question par son côté insoluble. L'amélioration de
la masse des travailleurs réside principalement dans
l'augmentation de la production. Or, celle-ci, grâce à
différents priviléges et monopoles, à certaines lacunes
dues à des conditions intérieures anti-économiques, est
onéreuse ce qui enchérit la consommation limitée artificiellement, et cette restriction pèse sur les salaires
et le coût des objets fabriqués. Voilà les véritables
points à envisager.

La production est à la merci, en France, de la Banque
de France pour la négociation et la circulation du papier
industriel et commercial ; des grandes compagnies de
chemins de fer pour les transports.

Elle est livrée à tout ce qui n'est pas soumis à la
concurrence : aux notaires pour les transactions d'im-
meubles ; aux agents de change pour la mutation des
titres mobiliers ; aux avoués et huissiers pour la lici-
tation ; aux commissaires-priseurs pour les ventes mo-
bilières.

Elle est encore victime :

De l'Etat qui, chargé des voies de terre et d'eau, les
laisse ou incomplètes ou dans des conditions infé-

rieures qui se traduisent, dans l'un et l'autre cas, par un prix de revient plus coûteux ;

De l'achat à l'étranger de matières premières qu'elle pourrait se procurer en France ;

De l'absence ou de l'insuffisance de certains éléments, tels que docks, instruction industrielle et agricole, etc.

Ces causes réunies forment un ensemble important de charges.

Qu'on le remarque bien : toutes les classes de la société, sauf une minime portion de privilégiés, ont intérêt à faire disparaître cette situation inférieure qui enchaîne la production et la consommation, nous met dans l'impossibilité d'accroître nos exportations, frappe le travail, c'est-à-dire le salaire, et provoque les haines sociales.

Apprécions l'influence de ces monopoles et de ces conditions inférieures.

La Banque de France.

En 1867 devait expirer le privilége donné à la Banque de France d'émettre des billets de banque qui ne lui coûtent que l'impression, et qu'elle échange moyennant trois à dix pour cent, contre des effets garantis par trois signatures et des bons du Trésor ; les intéressés de cette mine d'or eurent soin en 1857, c'est-à-dire dix ans auparavant — on ne savait ce qui pouvait arriver — de faire renouveler leur exploitation pour trente ans ! Ils obtinrent en outre que la loi du 3 septembre 1807 qui limitait à six pour cent le taux de l'intérêt, ne leur fût pas applicable. Déjà ils étaient parvenus en 1848 à éteindre la concurrence des banques départementales en les absorbant au moyen d'une loi, et à se rendre ainsi maîtres d'élever à leur guise le taux de l'escompte. Ce droit de prélever à volonté et sans risque une dîme sur le public et l'absence de toute concurrence, ont amené les résultats suivants :

Le papier industriel, commercial et agricole, paie un intérêt supérieur à celui qu'il acquittait en moyenne avant la suppression des banques départementales. La production totale de la France étant de 15 à 20 milliards annuellement, en supposant seulement une circulation de 5 milliards de papier pendant un an et en estimant à 1 p. 100 le prélèvement artificiel payé par le public par suite du monopole de la Banque de France, il en résulte que celle-ci et les banquiers qui suivent invariablement son taux d'escompte, augmentent chaque année de 50 millions les charges du travail national.

La Banque de France n'ayant, après soixante ans de

fonctionnement, qu'environ soixante-dix succursales sur trente-cinq mille communes, il en résulte que le papier payable dans une localité non desservie par une de ses agences paie en outre, comme escompte et perte de place, 1 à 3 p. 100 aux banquiers qui sont obligés de le garder en portefeuille.

En somme, le privilége de la Banque de France coûte annuellement au pays environ 100 millions, rançon inique prélevée en majeure partie sur le salaire; en supposant que les soixante-dix succursales de cette institution embrassent chacune 100,000 habitants, il n'y a que 7,000,000 de personnes desservies sur 38,000,000 ! Il est à remarquer que si l'escompte de cet établissement était moins cher, le cours de la rente et des titres mobiliers serait plus élevé, les capitaux, pour obtenir une rémunération supérieure, se porteraient en plus grand nombre vers la production dont la tâche serait facilitée, et de ce côté encore le travail gagnerait.

Autre désavantage : la Banque de France pouvant, au gré de ses intérêts, restreindre brusquement et sans avis préalable la durée des échéances de 90 à 75, 60 et 45 jours, elle possède la faculté d'arrêter ou de diminuer la production, de semer la ruine et la faillite. Elle peut même, pour limiter ses négociations, trouver mauvais le papier qu'elle acceptait la veille.

Pourquoi un semblable privilège donné à un seul établissement rendu ainsi maître absolu de régler le taux de l'argent et intéressé à le faire payer le plus cher possible, si ce n'est pour enrichir quelques influents financiers au préjudice du travail de toute une nation.

Aussi les actions de la Banque de France émises à 1,000 francs, dépassent-elles aujourd'hui 3,700 francs ou 370 pour % de plus-value, non compris d'abondants dividendes. Elles ont été même dédoublées et redoublées au profit de leurs porteurs il y a quelques années [1].

Nous concluons en signalant l'utilité d'adopter les mesures suivantes :

Création de banques régionales auxquelles on étendrait pendant une période de dix à vingt ans, un privilège d'émission identique à celui de la Banque de France ; celle-ci continuerait à fonctionner, conserverait ses succursales qu'elle pourrait augmenter et recevrait une indemnité par chaque cession partielle de son privilège. Les banques régionales devraient avoir un bureau d'escompte ou un correspondant dans toutes les localités de leur circonscription ayant une population supérieure à 6,000 habitants, et à leur gré dans toute autre de moindre importance. Elles pourraient négocier jusqu'à 120 jours.

L'Allemagne compte quarante-une banques d'émis-

---

[1] Lorsque le privilège de la Banque de France fut prorogé en 1857, le capital primitif représenté par 91,250 actions anciennes de 1,000 francs fut doublé. Les actions nouvelles émises à 1,100 francs, se cotèrent aussitôt 3,350 francs. D'où les bénéfices suivants pour les fondateurs :

91.250 actions à 3.350 l'une.................... fr.	305.687.500
à déduire 1.100 fr., versés par action...........	100.375.000
Reste net .... fr.	205.312.500

205 millions d'agio par le fait d'une seule loi !

Résultat antérieur :

91.250 actions à 3.350 francs.................. fr.	305.687.500
A déduire 1.000 francs versés par action..... ..	91.250.000
Reste........ fr.	214.437.500

Bénéfice total de 420 millions pour un capital versé de 191.625.000 fr. En 1871, c'est-à-dire pendant une année préjudiciable à toutes les branches, la Banque de France a gagné ou plutôt prélevé 62 millions, c'est-à-dire sur le capital versé de 191 millions, plus de 30 0/0, pour une opération n'offrant aucun risque et qui, à ce titre, ne devrait pas produire au delà de 7 à 8 0/0.

sion ayant même des billets d'un thaler (3 fr. 75 c.) [1].

Pendant la guerre, des banques d'émission furent créées à Lille, Cambrai, etc., elles rendirent d'incontestables services ; celle de Lille pendant cette période a eu une circulation de dix millions. Plusieurs villes du Nord émirent des bons de monnaie ; Lille eut jusqu'à 12 millions de billets, et ce papier accepté rapidement par le public facilita singulièrement les transactions.

Comme corollaire, nous pensons qu'il y aurait lieu de ne plus limiter à quelques sociétés, telles que le Crédit Foncier, la Compagnie de Suez et à quelques villes l'émission d'emprunts à lots, mais d'étendre cette faculté moyennant certaines garanties à nos institutions financières, à toutes les localités et aux grandes industries dont les établissements se trouveraient en France. Grand nombre de capitalistes qui préfèrent à tort ou à raison ce mode cesseraient, par suite, de placer leurs fonds à l'étranger.

---

[1] En 1869, la monnaie fiduciaire s'élevait à fr. 16,90 par tête en Allemagne ; à la même époque, elle n'était en France que de fr. 6,38 c.

Les chemins de fer.

C'est surtout dans cette branche que l'intérêt général a été, durant ces trente dernières années, sacrifié
à de regrettables agissements, et que le pays a été livré
à des « partageux de la fortune publique. » La curée
fut, nous le verrons, splendide; elle dure encore.

Accorder à une seule compagnie le droit de faire
circuler sur une voie ferrée des trains, constituait
déjà un privilège dangereux qu'explique la crainte
d'accidents ; mais qu'on eût aggravé cet inconvénient
inhérent au mode de transport, par la concession des
principales artères d'une région à une seule société,
c'était oublier toute prudence et tout souci des intérêts
du pays.

De cette absence de concurrence sont résultées :

1° L'exploitation du public producteur et consommateur ;

2° L'insuffisance du réseau, autre cause de perte
pour le Trésor et pour le Travail national ;

3° De continuelles vexations telles que le manque
de matériel [1], des délais énormes de transport, des

---

1 La crise des transports qui a sévi pendant un an, mars 1871 à avril
1872, en causant au travail national un préjudice élevé, se produira fréquemment avec le monopole de nos six grandes compagnies; elle était
facile à prévoir en ce qui concerne le réseau du Nord : en effet depuis 1864,
ce dernier manque invariablement chaque année d matériel houiller.
Malgré les plaintes les plus vives du public depuis cette époque et que
n'ignorait certainement pas l'administration du contrôle des chemins de
fer, la Compagnie du Nord n'a pris aucune mesure efficace pour parer à
cette insuffisance.

taxations arbitraires, des trains de voyageurs insuffisants ou mal répartis à dessein, en un mot l'application par cinq ou six grands monopoles du régime du bon plaisir aux besoins de 38 millions de Français.

Nos tarifs de chemins de fer sont en moyenne plus élevés qu'en Belgique, en Allemagne et en Angleterre. Cette différence grève la production, la restreint, diminue le taux des salaires et frappe toutes les classes de la société. Il en résulte encore ces deux autres désavantages : 1° les objets coûtent plus au consommateur ; 2° les revenus du Trésor sont moins élevés et par suite les charges plus lourdes. Ces conditions sont aggravées par l'absence dans la plupart des zônes, de voies de raccourcissement, ce qui oblige à des détours, c'est-à-dire à un trajet plus coûteux.

Tout cela n'a pas suffi : pour accentuer nos éléments d'infériorité, certaines compagnies ont créé une série de tarifs dont le principal but est de détruire la navigation fluviale laissée comme à plaisir dans des conditions déplorables, et d'attirer par des prix moins élevés les produits étrangers en France. De là l'établissement de tarifs dits kilométriques, différentiels, de détournement, généraux, spéciaux, communs, transitoires, internationaux, etc., etc.

Les abus qui sortent de cette tour de Babel sont innombrables, le public et les compagnies elles-mêmes ne se comprennent plus ; c'est le jeu des tarifs poussé jusqu'à sa dernière limite.

Citons quelques exemples, la question en vaut la eine :

En 1863 apparaît subitement un tarif d'après lequel les houilles anglaises de Dunkerque à Paris paient pour 326 kilomètres, fr. 7,80 c. par tonne.

En revanche et comme pour compenser, les houilles françaises pour 210 kilomètres (Lens à Paris) furent taxées au même prix de fr. 7,80 c., malgré une différence de 116 kilomètres, alors qu'équitablement dans l'intérêt du travail et de la consommation leurs prix de transport auraient dû être proportionnellement réduits comme précédemment [1]. Les conseils généraux, les chambres de commerce et le comité des houillères du Nord et du Pas-de-Calais réclamèrent, rien n'y fit : la direction générale des voies ferrées au ministère des Travaux publics, maitresse absolue, avait son siége fait ; le tarif fut maintenu.

« La question du transport des cotons se présente en ce moment dit la Chambre de commerce du Hàvre, dans les conditions suivantes :

« Du Hàvre à Bale il faut passer par Mulhouse qui paie plus cher. Du Hàvre à Mulhouse, à Bale et à Hambourg le trajet est moindre que de Liverpool, Londres, Brême et Hambourg à ces trois localités.

« Si l'on passe à la Compagnie de l'Ouest, dit le procès-verbal du meeting de Rouen de 1869, on voit que le tarif n° 2 commun de transit porte : marchandises pour exportation de Dieppe, Fécamp, le Hàvre, Honfleur, Caen et Rouen pour Marseille, Cette et Toulon, la tonne fr. 114,60.

« Supposant une maison de gros de Paris traitant une opération vers le Levant, voici quel prix elle subira :

---

1 Les houilles de Belgique, de la frontière à Paris, quoique plus éloignées kilométriquement que les charbons du Pas-de-Calais, profitèrent des faveurs faites aux produits anglais.

Rouen à Paris, tarif général........ fr.   20 50 c.
(Gare en gare.)

Camionnage à son magasin........   4   »

                                              _____

                                               24 50

Camionnage de son magasin au
    chemin de fer de Lyon.........   4   »

Paris à Marseille   100   »
(Gare en gare.)

Camionnage à Marseille..........   3 50

                                              _____

                              Total fr. 132   »

Différence d'avec le prix de fr. 114,60.
Augmenté du camionnage à l'arrivée
    fr. 3,50.....................   118 10

                                              _____

                      Différence fr.   13 90 c.

« C'est-à-dire qu'il suffira à la marchandise d'être
expédiée d'Angleterre pour recevoir de nos chemins
de fer, non seulement une prime de fr. 13,90 c. mais
encore elle jouira d'un transport gratuit de 80 à
100 kilomètres, et la même proportion existe sur toutes
les séries.

« Nous avons mieux encore dit le rapporteur :

« Une compagnie anglaise, la maison Flageollet
frères et Cie, ayant comptoir à Manchester, Londres,
Paris et Boulogne-sur-Mer, transporte les calicots écrus
de Marseille à Manchester, les 1000 kilog à fr. 122.

« Si nous prenons le prix de transport de Boulogne
à Marseille nous avons :

Tarif général (Boulogne à Paris,
  2me classe)..................... fr.   33 70
Chargement et déchargement......   1 50
(Gare en gare.)
Camionnage à Paris..... ....   5 »
      Id.   de chez l'expéditeur
  au chemin de fer de Lyon.......   4 »
Paris à Marseille... .... fr.   100 »
(Gare en gare.)
Camionnage à Marseille.........   3 50
                                       _____

                        Total fr. 147 70 c.

               Différence....   25 60

« La distance entre Paris et Marseille étant la même
qu'entre Paris et Manchester, il faudrait donc pour
avoir le rapport entre les deux prix de transport que
nous avons indiqués, déduire le tiers du prix anglais
représentant le trajet de Manchester à Boulogne, et
alors nous aurons :

De Manchester à Marseille........ fr. 122 »
1/3 en moins....................   25 60
                                    _____

                               81 34
               Contre..   147 70
                              _____

‹ Différence à l'avantage de l'expéditeur anglais................. fr. 66 36 c.

« Supposons maintenant une expédition de calicot
au prix normal de fr. 3,50 c. le kilog en France, et de
fr. 3,00 en Angleterre. Nous voyons que cette différence
de transport se traduit en une charge de 1,89 0/0 sur
la marchandise pour l'expéditeur français, ou en une

prime de 2,21 °/₀ pour l'expéditeur anglais : différence de 4,10 °/₀. »

Ainsi non seulement des tarifs élevés à l'intérieur, qui rendent en France la fabrication plus cher, empêchent le travail national de lutter et nuisent au développement de la production et des salaires ; mais encore nos compagnies de voies ferrées qui ont reçu du pays 1 milliard 600 millions de subventions, favorisent par une taxation réduite les seuls produits étrangers. Il suffit qu'une marchandise soit française pour être frappée d'un transport plus coûteux.

Et qu'on le remarque bien, il existe une foule de faits semblables, il en est même de très curieux [1]. Le travail national sous toutes ses formes, est à la merci des caprices de nos compagnies de chemins de fer, peut-être de spéculations privées.

Non seulement la concentration illogique de quelques puissants monopoles définis par l'opinion publique, « les six grands commandements industriels » a amené de scandaleux abus et la cherté des transports, mais encore l'absence de toute concurrence, c'est-à-dire d'émulation, a placé la nation comparativement à la Belgique et à

1 La Compagnie de l'Ouest avait transporté longtemps comme légumes des choux-fleurs ; tout-à-coup il lui prend la fantaisie de ranger ce produit dans la catégorie des fleurs et de lui appliquer le tarif hors classe de ces dernières ; 0 fr. 30 c. de port par bouquet !

250 à 300 millions de francs de rouenneries bénéficiaient depuis 1860 du tarif n° 6. En 1869, la compagnie de Lyon se met à épiloguer ; elle prétend qu'on ne doit entendre par rouenneries que les tissus *tissés en couleur* et elle exclut de son tarif les indiennes, les mouchoirs, les cravates, voire même les calicots sur lesquels on avait appliqué une légère bande tissée ou imprimée en couleur, d'où il résulte une augmentation d'environ 25 à 40 0/0 dans la moyenne des prix de transport.

Les journaux du Nord ont signalé il y a deux ans le mystère suivant : le transport d'une balle de coton coûte plus cher de Roubaix au Hâvre que du Hâvre à Roubaix !

l'Angleterre dans des conditions déplorables d'insuffisance. Si nous prenons comme terme de comparaison
le premier de ces pays dont une ligne idéale nous sépare,
on constate les différences suivantes :

PAYS	LONGUEUR CONCÉDÉE kilomètres	SUPERFICIE kilom. carrés	POPULATION	LONGUEUR PAR	
				Myriamètre CARRÉ	1.000.000 d'habitants
				kilom.	kilom.
Belgique	4671 [1]	29,435.39	4.839.099	15.85	965
France	22134 [2]	543,050.41	38.068.064	4.07	581
			Différences	11.78	384

Il résulte de ce tableau que pour atteindre la
Belgique, notre réseau relativement à la population
devrait être augmenté de 14,592 kilomètres et de 63,971
comparativement à la superficie. Que de pertes pour
la France. Aux Etats-Unis où la population est clair-
semée, les difficultés de construction considérables et
la main-d'œuvre fort cher, la longueur s'élevait en
1871 à 77,000 kilomètres pour 38,000,000 d'habitants,
ou plus de 2,000 kilomètres par chaque million
d'habitants [3]. Nous sommes loin en France de ce merveilleux développement.

Il est à remarquer qu'il existe en Angleterre près de
quatre cents compagnies de voies ferrées, aux Etats-
Unis cinq cent cinquante-neuf et en Belgique cinquante
et une, non compris le réseau de l'Etat qui représente
à lui seul, la moitié de la longueur kilométrique.

1 *Annuaire des chemins de fer belges*,

2   *Id.*   *de l'économie politique*.

3 En février 1872, 64,000 nouveaux kilomètres étaient demandés en
concession aux Etats-Unis.

Ces cinquante et une sociétés se meuvent sur un territoire moins grand que le Nord, le Pas-de-Calais, la Somme, l'Aisne et les Ardennes. Ajoutons que contrairement à l'Angleterre, aux Etats-Unis et à la Belgique, 1 milliard 600 millions ont été donnés à nos compagnies sous forme de subventions [1] et que grâce à la liberté ou à une quasi-liberté, le réseau ferré concédé chez ces trois peuples est proportionnellement plus étendu qu'en France et les tarifs moins élevés !

L'immolation du travail national et de toutes les classes de la société à l'oligarchie financière, ne s'est pas bornée à ce qui précède :

Sous Louis-Philippe les adjudications de chemins étaient publiques ; la riche ligne du Nord (Paris à Quiévrain, Lille, Dunkerque et Calais) n'était concédée que pour trente-huit ans sans subvention ; celle de Creil à Saint-Quentin pour vinq-cinq ans seulement et également sans débours de la part de l'Etat. L'Empire remplaça les soumissions concurrentielles qui étaient générales par les concessions directes, avec appoint pour la plupart de subventions fixées par les compagnies et le ministère des travaux publics. Il concentra en six grandes compagnies les quarante-deux sociétés existantes à la fin de 1851, et il porta à quatre-vingt-dix-neuf ans le terme de rentrée à l'Etat ; c'était encore sous l'étiquette de fusion le moyen de faire augmenter les titres tout en supprimant une concurrence utile au public. Les augmentations de durée furent notamment :

De 43 ans sur la ligne d'Orléans ;
De 63 » » de l'Est ;
De 67 » » du Nord ;
De 67 » » du Centre ;

[1] En plus de ces dons, on a pour quelques-unes ajouté une garantie d'intérêt.

De 78 ans sur la ligne de Tours à Nantes ;
De 79   »   »   d'Orléans à Bordeaux ;
De 80   »   »   de Saint-Quentin.

Le domaine public devenait la proie de quelques faiseurs, sûrs de rester impunis et d'éviter la flétrissure de l'opinion, grâce au cautionnement élevé des journaux presque tous dans les mains des manieurs d'argent et à la nécessité d'une autorisation que tout citoyen indépendant obtenait difficilement. Tant de précautions ne parurent pas suffisantes ; on y ajouta la loi sur la diffamation. Sous l'empire de tant de faveurs, les actions émises à 500 fr. montèrent à des prix fabuleux. Voici le cours maximum et les plus-values réalisées avant les traités de 1859 et que nous empruntons à une publication des plus instructives : [1]

COMPAGNIES	NOMBRE D'ACTIONS	COURS MAXIMUM	AGIO sur le prix d'émission
Est.....	584.000	fr. 1.060	327.040.000
Lyon ...	800.000	1.850	1.080.000.000
Midi....	250.000	896	99.000.000
Nord ...	525.000	1.175	354.375.000
Orléans .	600.000	1.575	645.000.000
Ouest ...	300.000	990	147.000.000
TOTAUX.	3.059.000		2.652.415.000

« C'est-à-dire qu'entre 1852 et 1859 les 3,059,000 actions qui, à raison de 500 francs par titre, avaient versé 1,529,500,000 fr., se sont vendues, ou du moins ont pu se vendre 4,181,915,000 fr., laissant aux mains des

[1] *L'Economie politique de l'Empire*, par Georges Duchêne.

fondateurs et concessionnaires un bénéfice net de
2,652,415,000 fr.; en d'autres termes, les porteurs
actuels — presque tous les titres ont changé de main
sous le coup de cet agiotage — ont acheté au prix de
deux milliards et demi le droit d'être actionnaires. Il
n'a été appliqué aux dépenses de construction et de
matériel des lignes que 500 francs par action, soit
1,529,500,000 francs, et l'épargne française, pour ce
service, s'est saignée de 2,652,000,000 fr. en plus du
capital engagé, soit un capital suffisant à construire le
triple de kilomètres.

« Les auteurs, manipulateurs de ces bouleversements
de traités, dont ils prévoient l'effet six mois à l'avance,
ont bien voulu mettre dans la confidence les parvenus
de l'Empire qu'on ne pouvait doter au budget; et c'est
ainsi que se sont improvisées en quelques années des
fortunes auprès desquelles celles des munitionnaires et
des fermiers-généraux de l'ancien régime étaient dots
de rosières [1]. »

Prenons un seul exemple de ce qu'ont coûté à l'État
les dons de prorogation de durée des lignes ferrées :

« La concession de la ligne de Paris à la frontière de
Belgique avait été adjugée en 1845 pour 38 ans ;

« La ligne de Creil à Saint-Quentin pour 24 ans
335 jours ;

« En prorogeant ces deux concessions jusqu'à 1950
et en ne mettant à cette prorogation d'autre condition
que de prolonger jusqu'à la frontière la ligne de Creil
à Paris, le Gouvernement a fait à la compagnie du
Nord un avantage dont elle a gardé certainement le
souvenir.

« Cet avantage, en prenant pour base les revenus

---

1 *L'Économie politique de l'Empire*, chez J. Santallier et Cᵢᵉ, au Hàvre.

de ces lignes en 1867, d'après les comptes publiés par
la compagnie, peut être évalué au *minimum* à 30 millions de bénéfices nets pendant une moyenne de 65
ans [1]. »

Que l'on calcule et l'on verra qu'avec les intérêts
composés le pays a été dépouillé de plusieurs milliards !
Rien ne justifiait un semblable abandon, au contraire :

« Dès le début de l'entreprise, dit M. Raoul Bourdon,
et trois mois avant qu'elle donnât aucun profit, le
capital de 160 millions du Nord était vendu au public
340,000,000. C'était 180 millions prélevés par la spé-
culation, avant qu'on eut fait rouler une locomotive [2]. »

Sans ces dons de prorogation de durée, la ligne de
Paris à la frontière belge revenait en 1884 à l'État et
celle de Creil à Saint-Quentin en 1876.

En présence de faits aussi incroyables, que penser
de la direction des chemins de fer au ministère des
travaux publics, payée par le pays et chargée par lui
de défendre ses intérêts ?

Armée sous tous les rapports pour remplir cette
mission, elle y a constamment manqué.

Le cahier des charges des concessions de chemins
de fer stipulait l'établissement de tarifs kilométriques,
et aucun nouveau tarif ne pouvait être appliqué qu'a-
près homologation de l'administration qui avait ainsi la
faculté d'en réclamer la modification. Cependant celle-ci
a, en dépit des protestations les plus énergiques, laissé
établir les tarifs désastreux que nous avons signalés.

Elle pouvait encore, dans les nombreuses conventions
conclues depuis quinze ans avec les six grands
monopoles, obtenir le maintien définitif des tarifs

---

1 Rapport de la commission au Corps législatif par M. de Saint-Paul,
nᵒ 243, annexe au procès-verbal de la séance du 20 juillet 1868.

2 *L'Économie politique de l'Empire*, par Georges Duchêne.

actuels, différents de ceux fixés à l'aventure il y a trente à quarante ans, la révision des clauses caduques des cahiers de charges, des améliorations concernant le transport des voyageurs, les voitures, etc.; elle n'en a rien fait.

Jusqu'à la fin elle n'a cessé de manquer à son rôle.

« En 1868 la compagnie du Nord-Est demande concurremment avec la compagnie du Nord les chemins d'Étaples à Arras et de Béthune à Abbeville, avec une simple garantie d'intérêt complétement illusoire, en présence des estimations de trafic de l'administration des ponts et chaussées ; malgré cette offre avantageuse, malgré l'utilité qu'il y avait à donner à une nouvelle compagnie une ligne indépendante du Nord sur l'Ouest, l'administration des chemins de fer préfère concéder ces voies à la compagnie du Nord et cette préférence coûte au Trésor une somme de 10 millions [1]. »

Des chemins de fer sont sollicités dans le nord de la France, sans garantie ni subvention, l'administration qui devrait accueillir, encourager la création gratuite d'une propriété considérable pour l'État et avantageuse pour le pays, les refuse sous le prétexte qu'il y en a suffisamment, ou les ajourne, ce qui revient au même ! Maîtresse absolue et sans aucun contrôle ou contre-poids sérieux, d'accueillir ou de rejeter toute demande en concession, sans même en donner les motifs, la direction générale des chemins de fer a constitué jusqu'à ce jour, une dictature sans appel. Elle joue, avec l'autorité abusive qui lui a été laissée, le rôle d'une seconde providence et ouvre, quand cela lui plaît et est conforme à ses idées ou à ses préférences, le « robinet » des concessions de chemins de fer et des déclarations

---

1 *Rapport de la Commission permanente lilloise du travail* à l'enquête économique, pages 40 et 41.

d'utilité publique pour les lignes d'intérêt local, quand, tranchant sans aucun droit une question dont elle n'est pas le juge et où elle est partie intéressée, elle ne conteste pas à ces dernières ce caractère [1]. La direction générale des chemins de fer peut s'écrier comme Louis XIV : « l'État, c'est moi. »

Les faveurs au détriment du travail national ne se sont pas bornées à ce qui précède ; pour détruire la concurrence de la batellerie et celle de quelques petites lignes indépendantes qui étaient parvenues, malgré tous les obstacles, à s'établir durant ces dernières années, on a permis de créer des tarifs réduits s'appliquant à un parcours déterminé et limité, bien entendu là seulement où il existait un transport rival. Ainsi, en 1870, quelques jours avant l'ouverture de la ligne directe de Lille à Valenciennes appartenant à une société nouvelle, la compagnie du Nord soumet à l'administration qui l'homologua, sans observation naturellement, un tarif d'après lequel les transports entre ces deux localités extrêmes furent baissés. Quant aux gares intermédiaires dont la compagnie du Nord était maîtresse absolue et qui n'avaient pas l'avantage d'être desservies par un chemin indépendant, elles ne furent l'objet d'aucune réduction.

Si un particulier avait un intendant qui gérât ses affaires de la façon dont l'administration chargée du contrôle des chemins de fer a dirigé jusqu'ici celles du pays, il le casserait aux gages. En France, on décore, et les hommes d'état de l'Empire allaient jusqu'à dire « que l'Europe nous envie une semblable organisation. » Est-il besoin d'ajouter que l'administration

---

1 Il est à remarquer que ces chemins subissent de fâcheuses lenteurs : en novembre 1871, le Conseil Général du Nord concède plusieurs lignes, en août 1872, la déclaration d'utilité publique n'était pas encore rendue.

des chemins de fer de l'État est, comme la plupart
des administrations du régime déchu, plus puissante
que jamais et, peut-être à cause de son passé, elle n'a
encore été l'objet d'aucune modification. Elle continue
sous la République les errements de l'Empire, soutenue
par les six grands monopoles qui lui doivent tant. Il est
temps que le règne de cette féodalité qui entoure et
domine le gouvernement cesse enfin, et que place soit
faite au seul intérêt de la France.

Si ce dernier venait à être préféré, il y aurait, pour
sortir de l'impasse où le monopole et de funestes agissements ont conduit le pays, à réclamer l'application
de la clause des cahiers de charges portant qu'après un
délai de vingt ans l'État a le droit de racheter les chemins de fer concédés en prenant pour base, sur le pied de
5 %, la moyenne des recettes des sept dernières années.

Pour la plupart des grandes lignes le délai est
expiré ou à la veille de l'être. [1]

L'Etat par ce rachat qui serait acquitté en titres de
rente pour les actionnaires — les obligations demeu-
rant à la charge du pays — serait assuré de faire un
bénéfice élevé, car si la moyenne du revenu est de
5 p. % pour les dernières années, elle sera de 6 p. %
cinq ans après et ainsi de suite.

L'Etat trouvera facilement dès le lendemain de la
reprise des lignes, à en céder l'exploitation pour dix
ans à un coût inférieur à celui actuel, tout en profitant
de la progression des recettes ; d'un autre côté il écono-

[1] Le droit de rachat des réseaux par l'Etat s'ouvre à partir des époques
suivantes :

pour le Nord	1er janvier	1867.
pour l'Est	—	1870.
pour l'Ouest	—	1873.
pour Orléans	—	1873.
pour Lyon	—	1875.
pour le Midi	—	1877.

misera encore le traitement plantureux d'administrateurs, etc.

Le capital-actions des compagnies est actuellement d'environ 4 milliards ; en supposant un simple bénéfice de 1/2 p. % cinq ans après la reprise, ce serait un gain annuel de 20 millions représentant à 5 p. % un capital de 400 millions ; cinq autres années ensuite ces chiffres seraient doublés, dans quinze triplés, en supposant que l'Etat ne dégrève pas de ces plus values le travail national par des abaissements de tarifs, en se bornant à percevoir un revenu de 5 p- %. Il est évident que plus l'Etat tardera, plus il paiera cher la reprise du réseau.

Cette acquisition n'empêcherait nullement l'établissement de compagnies particulières qui demanderaient de nouvelles lignes à la condition d'un droit de reprise au bout de quinze ans. En Belgique des sociétés privées établissent même des chemins parallèles au réseau de l'Etat, et ce serait une erreur de croire que ce dernier y perd ; s'il y a atténuation temporaire sur les points concurrencés [1], il y a augmentation supérieure d'autre part par le déversement de nouveaux transports dû aux artères en question. Après quinze ans, le gouvernement pourrait entrer en possession de lignes dont le trafic serait créé avec un revenu certain de 5 p. % et ne pouvant que progresser.

Pour soustraire dès maintenant les demandeurs en concession au mauvais vouloir administratif et à des formalités sans nombre, il serait indispensable de stipuler

---

[1] Cette atténuation n'existe même pas toujours : en 1870 s'ouvre un chemin direct et indépendant entre Lille et Valenciennes, les deux gares de la compagnie du Nord situées dans ces deux villes, loin d'éprouver un préjudice, voient en 1871 leurs recettes s'accroître comparativement à celles de 1869.

certaines garanties et de faire rentrer l'industrie des chemins dans le droit commun dont on n'aurait jamais dû la laisser sortir. Il n'est pas en effet admissible que le travail dans un pays soit divisé en deux groupes, l'un vivant sous le régime de la concurrence, l'autre sous celui du privilège et exploitant le premier à l'abri d'un monopole surtout quand il s'agit d'une industrie sur laquelle repose le labeur de toute la France.

Ainsi résumant cette importante question, nous croyons utile et pressante l'adoption des mesures suivantes :

« L'Etat reprendra les lignes ferrées au fur et à mesure de l'expiration du terme de rachat ; il en concédera l'exploitation par voie d'adjudication pour une période de dix ans. »

Que ce rachat ait lieu ou non, l'industrie des chemins de fer sera désormais réglementée par les conditions suivantes :

« Toute demande d'un ou plusieurs chemins sans garantie ni subvention et accompagné d'un dépôt de 3,000 francs par kilomètre, sera l'objet d'une concession provisoire ; la concession deviendra définitive si, dans les six mois qui suivront, les demandeurs justifient de la souscription de la moitié du capital nécessaire et du versement d'un quart. Elle sera de plein droit nulle si cette justification n'avait pas lieu. Les compagnies jouiront du droit d'expropriation conformément à la loi de 1842. La déclaration d'utilité publique serait faite par les conseils généraux des départements traverversés [1] ; elle serait notifiée au conseil d'Etat, dont

---

[1] Il est à remarquer qu'aux Etats-Unis les compagnies de chemins de fer reçoivent leur charte des législatures provinciales. Une seule exception a été faite pour le chemin de fer du Pacifique concédé par la Chambre et le Congrès avec subvention parce qu'il traversait une étendue considérable de territoire n'appartenant à aucun Etat.

l'unique mission consisterait à apprécier les avis de l'autorité militaire, pour le cas où celle-ci ferait opposition ou demanderait des modifications.

« Le cautionnement de 3,000 francs par kilomètre sera proportionnellement remboursé au fur et à mesure de l'ouverture d'une section, et acquis en cas de non construction. Aucune compagnie, sans l'autorisation de la Chambre et des départements traversés, ne pourra aliéner son exploitation ou céder tout ou partie de son réseau.

« Tout chemin qui serait l'objet d'une garantie ou d'une subvention de la part de l'Etat ou d'un ou plusieurs départements, devra être soumis à l'adjudication, sauf à l'adjudicataire à rembourser aux premiers demandeurs, si ceux-ci étaient évincés, leurs frais et une indemnité que fixerait une commission. »

Si cette solution semblait trop radicale, les conseils généraux pourraient être chargés de concéder directement les lignes ferrées, sans aucune distinction de titre.

Enfin si on persistait à laisser le gouvernement maître absolu de la concession des chemins d'intérêt général, il nous parait indispensable que le conseil d'Etat ait seul cette mission sous certaines conditions de garantie pour les demandeurs.

En résumé la reprise par l'Etat constitue une amélioration dans la situation actuelle ; elle favorise l'expansion du travail qu'elle affranchit, en le délivrant de tarifs qui sont une atteinte à la production nationale.

L'Etat ayant le droit d'homologation des tarifs et ceux-ci devant, d'après le cahier des charges, être basés sur un prix uniforme par kilomètre, les taxations actuelles seraient remaniées. Il est à désirer qu'on ne puisse établir aucun tarif spécial pour un parcours partiel et aucune taxe quelconque, sans une autorisation du conseil d'Etat après enquête et avis des chambres de commerce.

La rentrée de l'industrie des chemins de fer dans le droit commun, qu'il y ait ou non rachat des réseaux existants, permettra de mettre cette branche si arriérée au niveau de celle des nations voisines et procurera les avantages suivants : 1° l'extension de la longueur kilométrique, c'est-à-dire la création au profit de l'Etat ou des départements d'une propriété considérable et qui peut s'élever au double, nous l'avons vu, du revenu général actuel, cette propriété ayant exigé une première mise de huit milliards ; 2° l'augmentation des revenus publics et particuliers ; 3° l'accroissement naturel de la production et du taux de la main-d'œuvre.

Le développement imprimé sous l'Empire aux branches de travail a été uniquement dû à l'extension donnée au réseau ferré ; il reste, nous l'avons prouvé, à le doubler et à le tripler. En comblant les lacunes présentes, le gouvernement cicatrisera les plaies financières de l'invasion, il remplira les engagements pris en 1860, il procurera à toutes les classes de la société un accroissement de bien-être et d'autant atténuera les rivalités sociales.

Un exemple montre ce que le Trésor peut attendre du complément de nos chemins de fer : le ministre des travaux publics déclarait, le 5 février 1870, au Corps législatif que l'Etat retirait des voies ferrées, sous diverses formes, plus de 110 millions de francs annuellement, soit l'intérêt à 5 p. % d'un capital de 2 milliards 200 millions. Le Trésor reçoit donc par kilomètre 7,000 francs et le seul impôt du 10ᵐᵉ qui vient d'être augmenté de 100 p. %, a procuré 32 millions ou 2,000 francs par kilomètre en 1869. Or, en doublant le nombre de kilomètres exploités au 1ᵉʳ janvier 1870 (20,000 environ) et créés pour la presque totalité depuis 1848, on arriverait à doubler les chiffres qui précèdent [1].

Notre réseau ferré peut être sans aucun inconvénient porté à 50,000 kilomètres, comme le prouve la statistique suivante de nos voies de terre et d'eau :

	kilomètres.
Routes nationales à l'état d'entretien . . .	38,113
Routes départementales à l'état d'entretien .	48,467
Chemins de grande communication à l'état d'entretien	128,836
Chemins vicinaux ordinaires à l'état d'entretien	112,636
Voies navigables.	13,550
kilomètres	341,602

Ainsi, avec nos 20,000 kilomètres actuels, nous ne sommes pas encore arrivés, en fait de chemins de fer, au quart des grandes routes nationales et départementales et pas à la quinzième partie de l'ensemble de nos voies de terre et d'eau qui est loin d'avoir atteint, de son côté, sa longueur définitive.

Mettons-nous donc résolument à l'œuvre en supprimant des privilèges préjudiciables. L'industrie des chemins de fer rendue libre couvrira rapidement la France de ses mailles bienfaisantes ; l'application du droit commun refrenera le jeu déplorable des tarifs, provoquera des améliorations et fera cesser une infériorité funeste au travail national.

1 Ces lignes étaient écrites quand l'administration a récemment publié des renseignements détaillés sur les profits que l'Etat a retirés pendant l'année 1870 de l'exploitation de nos chemins de fer. Les bénéfices directs qu'il a réalisés, soit en recettes perçues, soit en économies pour les services publics montent à 200,164,279 francs. Ce chiffre qui représente près de 10 mille francs par kilomètre, doit être doublé avec l'augmentation des contributions que provoque sur son parcours toute nouvelle voie ferrée. On cherche des ressources au Trésor, on peut apprécier qu'en développant notre réseau l'État se procurerait plusieurs centaines de millions.

Poussés à bout par les protestations du pays, et voulant conserver le plus longtemps possible une situation privilégiée qu'ils savent devoir leur échapper forcément, nos six grands monopoles ont, par l'organe des feuilles à leur dévotion, prétendu qu'il y avait pour l'Etat impossibilité légale et impossibilité financière à permettre la création de nouvelles compagnies de chemins de fer. Cette affirmation, qui ne tendrait à rien moins qu'à maintenir la France dans une position inférieure, n'est nullement fondée.

·L'impossibilité légale est réfutée par la clause suivante que renferment tous les cahiers de charges des compagnies de chemins de fer :

« Toute exécution ou autorisation ultérieure de route, « de canal, *de chemin de fer*, de travaux de naviga- « tion dans la contrée où est situé le chemin de fer « objet de la présente concession, ou dans toute autre « contrée voisine ou éloignée, ne pourra donner ou- « verture à aucune demande d'indemnité de la part de « la compagnie. »

Le droit de l'Etat et du département à concéder des chemins comme ils l'entendent est donc absolu.

L'impossibilité financière provient, prétendent les soutenurs des six grands monopoles, de ce que l'Etat ayant garanti un revenu de 4,65 p. 100 au capital de certaines lignes, cette garantie fonctionnerait si des voies concurrentes venaient à être construites.

Il serait facile de réfuter cette argumentation, en faisant simplement remarquer que l'Etat s'est imposé ce sacrifice pour avoir des chemins et non pour empêcher les zones, qui ont été déshéritées jusqu'ici, d'en être pourvues à leur tour.

Mais cette crainte de grever l'Etat disparaît quand on scrute la question.

La garantie donnée à nos chemins de fer s'élève en 1872 à 202.228,500 fr., dont 41 millions seulement seront nécessaires cette année; il en résulte que les 200,464,279 fr.[1] provenant des bénéfices que le Trésor a encaissés directement en 1870 en impôts divers des voies ferrées, donneraient 400 millions, si on venait à doubler le réseau actuel.

En admettant ce résultat, le Trésor finalement n'y perdrait rien, car ce qu'il débourserait d'un côté, il le recevrait de l'autre; il y gagnerait, au contraire, et comme accroissement indirect des impôts, et comme création gratuite d'une propriété devant revenir au pays, sans compter l'impulsion donnée au travail.

Mais rassurons-nous, le doublement du réseau n'aurait même pas pour conséquence d'étendre le fonctionnement de la garantie de l'Etat, car il est constaté que la recette kilométr que générale n'a cessé de croître depuis 1851, bien que, de cette époque à 1870, le réseau ait été notablement augmenté par la construction de lignes de raccourcissement. Celles-ci, loin d'affecter les produits de l'ensemble du réseau, lui ont, au contraire, apporté de nouveaux transports et ont élevé son revenu [2]. En réalité, si les points extrêmes concurrencés ont parfois perdu de leur trafic, cette perte locale et temporaire a été compensée bien au-delà par l'apport des nouvelles artères. Il y a, par ces faits, plutôt lieu d'admettre que la charge actuelle de 41 millions serait évitée à l'Etat avec l'extension du réseau. L'impossibilité légale et l'impossibilité financière n'existent donc pas ; c'est précisément le contraire qui est vrai.

1 Cette somme va être accrue d'environ 50 millions avec le doublement décrété en 1872 de l'impôt du dixième.

2 La recette moyenne par kilomètre qui était en 1851 de 32,600 fr., s'est élevée en 1869 à 42,900 ou de 30 p. 100. La dépense s'est accrue de 14,000 à 19,000, soit un excédant de recettes de 18,600 fr. pour la première année et de 23,900 pour la dernière.

Les professions privilégiées.

Nous avons vu l'insuffisance de l'instruction en France ; nous avons été témoins de la déviation des deux pivots, le crédit et les transports, sur lesquels le travail tourne enchainé. Ces anomalies ne sont pas les seules.

Certaines professions, comme celles de notaire, d'avoué, d'agent de change, d'huissier et de commissaire-priseur, sont encore en France l'objet d'un monopole contraire au droit commun et préjudiciable parfois aux autres classes de la société.

En Angleterre, aux Etats-Unis, en Suisse et en Allemagne [1], chacun peut s'établir avoué, agent de change et commissaire-priseur sans devoir acheter une charge dont le nombre n'est pas limité. La Belgique, qui a conservé longtemps l'organisation française du premier Empire, a aboli ces petits monopoles et elle ne s'en trouve que mieux. Il n'y aurait donc nulle crainte en France de rendre ces fonctions également accessibles à tout homme intelligent, à faire cesser ces privilèges, à rentrer, en un mot, dans le droit commun. Quant aux professions de notaire et d'huissier, nous croyons que, moyennant certaines garanties, on

---

1 On a publié le 16 juin 1872, en Alsace-Lorraine, la loi spéciale qui abolit les charges de notaires, avoués, huissiers, greffiers et commissaires-priseurs dans ces deux provinces, et qui détermine le mode d'indemnité pour les titulaires actuels.

pourrait ouvrir ces carrières à un plus grand nombre de citoyens [1].

Deux conséquences fâcheuses découlent de l'organisation actuelle :

Un jeune homme intelligent entre dans la vie, les cinq professions en question lui sont fermées. A-t-il le rare bonheur d'appartenir à une riche famille, il doit attendre pour acheter une de ces *charges* — tel en est le titre significatif — qu'il s'en présente une à vendre. Comme elles sont recherchées à cause du privilège qui les accompagne, il la paie cher.

Même la profession d'avocat, libre aux Etats-Unis, en Angleterre et en Suisse, n'est accessible en France qu'à la condition d'avoir fréquenté une faculté de droit, — ce qui ne procure pourtant pas la capacité, du moins exclusivement, puisque nous voyons de simples agents d'affaires parfaitement au courant des lois.

Au point de vue matériel, les cinq professions que nous signalons constituent autant de privilèges au détriment du public. On sait les prix élevés atteints par les charges de notaire et d'agent de change, ces dernières se sont vendues à Paris jusqu'à deux millions ! Le pays fournit les dividendes de ces plantureuses abbayes financières ; comme le nombre de ces monopoles s'élève à plusieurs milliers, c'est une somme assez notable prélevée chaque année sur le travail et sur toutes les classes de la société.

---

[1] Ces garanties pourraient être les suivantes pour le notariat par exemple : création d'un hôtel des archives au chef-lieu de chaque département ; obligation d'y déposer l'original de tout acte ; délivrance par le directeur des archives de toute copie quand il y a lieu ; nécessité pour toute personne se destinant à cette profession de faire un stage, de passer un examen et de fournir au besoin un cautionnement ou la garantie de plusieurs personnes.

Il nous paraît donc juste et favorable aux intérêts généraux du travail de faire rentrer dans le droit commun les professions d'agent de change, d'avoué et de commissaire-priseur ; d'en agir de même vis-à-vis des fonctions de notaire et d'huissier, sauf à exiger certaines conditions de stage, d'examen et une caution, mais ne pas limiter le chiffre des titulaires.

Le privilége actuel ne procure pas même la sécurité au public, puisque chaque année nous voyons des agents de change, des notaires, etc., en faillite ou en fuite. Il y a donc lieu de ne plus en restreindre le nombre. C'est ce qu'a fait, sans la moindre perturbation, la Belgique. Seul le notariat est resté dans ce dernier pays l'objet d'une fonction publique.

Les possesseurs de ces priviléges ayant légitimement droit à une indemnité, celle-ci, en cas où le gouvernement ne la rembourserait pas, pourrait être payée par les nouveaux titulaires qui voudraient exercer, et qui auraient chacun, dans des proportions à fixer, à verser une certaine somme.

Le rôle de l'État en matière de travaux publics.

Après les plantureux priviléges réservés à la finance, vient le monopole de l'État. L'État en France s'est chargé des grands travaux publics, il est la Providence ou le fléau des départements auxquels il distribue à sa guise des routes, des canaux, etc., suivant certains caprices [1] ou le plus ou le moins d'influence de chaque région. Depuis vingt ans l'État ne remplit pas sa mission, et quand il daigne s'occuper de ces précieux instruments, il semble que ce soit à contre-cœur et comme s'il craignait de faire peine à nos six grandes compagnies de voies ferrées. Ce n'est qu'à force de réclamations qu'il se décide à détacher des sommes dérisoires du budget dont d'habiles travaux feraient grossir largement le revenu. L'initiative ne part jamais de lui. Hâtons-nous d'ajouter que, par un funeste système, l'État, en matière de routes de terre et d'eau, se personnifie dans la direction des chemins de fer et que, dans cette seconde branche, cette administration a fait preuve de la même insuffisance que nous avons signalée précédemment.

Nous serions d'avis que le cumul entre les mêmes mains de deux éléments différents et souvent opposés fut supprimé, s'il n'y avait une mesure plus rationnelle

---

[1] Sous les régimes monarchiques depuis 1815, un département n'obtenait fréquemment des voies de transport, etc, que quand le gouvernement voulait rallier les électeurs à une candidature. Il y avait les départements mal pensants.

et qui permettrait au pays d'agir en dehors d'une tutelle étouffante : laisser à chaque département le soin d'améliorer, de concéder et de construire à ses frais et risques ses instruments de circulation.

Là où un chemin de fer, une route ou un canal serait commun à plusieurs départements, ceux-ci auraient à s'entendre au moyen d'une commission mixte. En cas de divergence ou de refus de concours, une commission élue par la Chambre, après avoir entendu, si elle le jugeait, l'administration des ponts et chaussées, pourrait décider en dernier ressort [1].

Dans le cas où un ou plusieurs départements solliciteraient de l'État un concours financier, la Chambre, sur la decision de sa commission des travaux publics, statuerait après avis du Conseil d'État.

Il y a dans ce système un moyen fécond de décentralisation qui mettrait fin au mauvais vouloir ou à l'impuissance de l'administration. Débarrassés d'une tutelle dont le passé a montré les inconvénients, les conseils généraux et, dans certains cas, les commissions cantonnales, pourraient agir en toute liberté et connaissance de cause.

Nous n'assisterions plus au spectacle écœurant d'une lutte de vingt ans pour obtenir la création du canal de Saint-Louis, parce que les hauts et puissants seigneurs de la compagnie de Lyon à la Méditerranée trouvaient que leurs intérêts particuliers devaient supplanter l'intérêt général.

---

1 Cette entente s'opère déjà par la force des choses, ainsi en 1871 les conseils généraux du Nord et du Pas-de-Calais ont concédé en commun le chemin d'intérêt local d'Armentières à Lens.

Nous ne verrions plus l'incroyable cession par l'Etat du canal de Bordeaux à Cette à la compagnie des chemins de fer du Midi.

Enfin, nous ne serions plus témoins de tant de travaux utiles restant à exécuter sous prétexte d'insuffisance de ressources, alors qu'on trouvait des centaines de millions à prodiguer à des compagnies de voies ferrées sous forme de subventions données de la main à la main, subventions qu'on aurait pu largement réduire ou épargner si chaque région, au lieu d'être livrée à un seul monopole, avait été desservie par plusieurs entreprises.

Actuellement, grâce à une inaction presque complète durant ces vingt dernières années, il reste énormément à faire. Citons quelques exemples :

Il existe une voie d'eau intérieure de Marseille à Paris et à Dunkerque : elle serait utilisée fructueusement avec quelques compléments de travaux et quelques améliorations. Alors nos départements du centre recevant économiquement du littoral des engrais et des matières premières, pouvant expédier de même leurs produits, verraient leur travail agricole et industriel doubler d'importance.

Le perfectionnement du canal du Midi, qui pourrait devenir un second canal de Suez, permettrait aux caboteurs de se servir de cette voie, d'éviter un long détour par Gibraltar et de monopoliser au profit de la France un trafic important.

La voie d'eau de Lille et de Valenciennes à la Manche rendue accessible aux caboteurs, procurerait une économie considérable. Les nombreux et importants centres manufacturiers du Nord recevraient directement leurs cotons, lins, laines, etc., et expédieraient leurs produits, sans obligation, comme présentement, d'un transbordement et d'un double frêt. L'avantage serait annuellement de plusieurs millions. Les houillères du Pas-de-Calais alimenteraient nos ports de Dunkerque à Nice en place des charbons anglais, qui feront défaut dans quelques années, et cette seule substitution équivaudrait à 25 millions de francs annuellement, représentant 18 millions de salaires. Les minerais de zinc, fer et plomb de l'Espagne et de la Sardaigne, ceux de cuivre du lac Supérieur et du Chili au lieu d'être traités aux environs de Liége, Hambourg, Londres et Anvers se travailleraient le long de nos canaux du Nord; il en serait de même pour les riches minerais de fer de l'Algérie et de ceux de notre littoral dont la majeure partie va se transformer en Angleterre. Les navires allant à Londres ou dans les mers du Nord et réciproquement, sont forcés de traverser la Manche d'où ils n'ont que quelques heures de détour pour aborder à Dunkerque, Calais ou Boulogne ; leur nombre ne s'élève pas à moins de 200 mille annuellement. Il est bon de remarquer que les canaux du Nord qui appartenaient à la Flandre et à l'Artois et dont l'État s'est emparé sans aucun droit, ni indemnité, sont à peu près dans la même situation qu'aux XIIe et XIIIe siècles, époques où ils ont été creusés pour la plupart.

Le gouvernement anglais qui sait faire des dépenses quand un grand intérêt national est en jeu a, depuis douze ans, amélioré la navigation déjà si belle de la Tyne, de la Clyde, et même celle de la Tamise. De gigantesques travaux ont été exécutés. En France on trouvait bien, pendant ces vingt dernières années, des millions pour créer de fastueux édifices, doter démesurément la liste civile, et entreprendre une foule de guerres dont celle du Mexique a coûté à elle seule 1,300 millions, mais on négligeait les œuvres utiles au travail ; l'intérêt dynastique et celui des familiers passaient avant tout.

L'exploitation de nos canaux intérieurs tels qu'ils existent actuellement est, sous d'autres rapports, restée tout aussi défectueuse. Le halage s'opère encore, partie au moyen d'hommes, partie par des chevaux, alors qu'on ne devrait plus se servir que d'agents mécaniques. Ce problème, par un concours public, serait rapidement résolu ; une avance permettrait aux bateliers de se procurer une machine dont l'usage abrégerait de moitié la durée du trajet. Cette diminution serait accrue par le fonctionnement des écluses jour et nuit. Ces réformes réduiraient de 30 à 40 p. 100 le coût du frêt en France, et l'économie qui se produirait s'adressant à un tonnage énorme se traduirait par plusieurs millions, dont bénéficieraient la production et la main-d'œuvre.

De Lille à Paris pour un parcours de 380 kilomètres un bateau met encore seize à dix-huit jours, soit 20 à 22 kilomètres quotidiennement, alors que du Havre à New-York pour une distance de 2 à 3,000 kilomètres il faut en moyenne douze jours. De Lille à Paris le frêt coûte 7 fr. la tonne ; de France aux Etats-Unis 30 fr. La réalisation des moyens que nous signalons ferait arriver les marchandises du Nord à Paris en six à huit jours, et le transport ne coûterait plus que 3 à 4 francs par tonne [1]. Or, sur le seul combustible minéral, l'éco-

1 Il existe quelques bateaux à vapeur de Lille à Paris, leur trajet normal est de sept à huit jours dont un perdu pour embarquement de marchandises à Douai et Cambrai. Voilà donc une différence de plus de moitié, c'est-à-dire qu'un même bateau pourrait faire deux voyages contre un actuellement.

nomie serait pour la Seine, qui consomme annuellement un million de tonnes de houille, de 3 millions de francs. Nous ne parlons pas des départements intermédiaires. .

Les cours d'eau sont des chemins tout tracés par la nature. Il suffirait de quelques travaux pour rendre aptes à la navigation une partie d'entre eux. Pourquoi ne pas utiliser ces éléments naturels, de tous les moyens de transport les plus économiques? Il y a un certain nombre de rivières que les conseils généraux des départements rendraient navigables, si ceux-ci en avaient la propriété.

Si nos chemins de terre étaient empierrés et complétés, l'industrie agricole deviendrait possible dans une foule de localités et la France, qui a encore le quart de ses terres en jachère ou en friche, faute de communications assez économiques, verrait doubler sa production, non-seulement comme nouveaux terrains mis en culture, mais encore comme accroissement de rendement des territoires cultivés.

Elle s'éviterait toute disette et sortie d'argent ; elle approvisionnerait en tout temps ses propres nationaux et encore dans les époques normales, l'Angleterre et la Belgique [1].

Veut-on apprécier par des chiffres ce que le complément et le perfectionnement de nos instruments de transport rapporteraient au pays , ouvrons la statistique officielle et voyons ce que la France a reçu du dehors et livré à la consommation pendant les onze premiers mois de 1869.

[1] En 1866, année d'extrême abondance, la France a reçu pendant les onze premiers mois pour 44,468,000 francs de céréales.

En produits dérivant de l'agriculture :

Denrées alimentaires (froment, orge,
  avoine et seigle) . . . . . . 75,163,000 fr.
Lin. 60,271,000
Chanvre 10,701,000
Sucre 109,680,000
Fourrage, foin, paille et son. . . 9,407,000
Houblon 7,931,000
Garance 7,055,000

En produits industriels :

Houille . . . . 107,159,000[1]
Cuivre. . . . . 29,735,000[2]
Plomb. 19,250,000
Etain . . . . 8,278,000[3]
Zinc . . . . 18,148,000[4]

Enfin nous exportons pour 11,221,000 francs de
minerais de fer que nous pourrions travailler en France,
si nos gisements métallurgiques étaient mis en relations plus directes avec nos bassins houillers. Nous ne
citons pas les objets manufacturés nous venant du dehors, dont l'importance s'élève à plusieurs centaines
de millions et qu'un ensemble de mesures économiques
à l'intérieur nous permettrait de fabriquer pour une
part importante.

---

1 Il existait en 1869 616 concessions de mines de houille, 261 de minerais
de fer et 343 d'autres substances. La moitié environ reste en friche sans
compter les concessions partiellement exploitées et les gisements restant
à découvrir.

2 Nous avons reçu en 1869 pour 3,628.000 francs de ce minerai,

3 Nous avons reçu pour 6,746 francs de ce minerai.

4 Nous avons reçu pour 1,054,000 francs de ce minerai.

Or il serait possible à notre agriculture et à notre industrie, en leur en fournissant les moyens dont le principal est le transport à bon marché, de faire bénéficier la France .du. travail et du gain de ces diverses productions qui se chiffrent annuellement pour une somme de 4 à 500 millions de francs dont environ les 2/3 en salaires.

Tel est ou tel devrait être le devoir de l'Etat qu'il a rempli très mal jusqu'ici et auquel on fera bien de substituer l'initiative du département. Lors du traité de commerce avec l'Angleterre, le gouvernement n'avait pas assez de sarcasmes contre ce qu'il appelait les procédés arriérés de nos branches de travail ; il oubliait que son matériel de voies de transport était encore plus imparfait et plus défectueux. Cette infériorité n'a fait que s'accentuer malgré les solennelles promesses d'amélioration faites en 1860 et restant à réaliser. Il est à remarquer que depuis cette dernière époque les autres peuples n'ont cessé de progresser.

Là où l'Etat devrait intervenir, il ne le fait pas ou ne le fait qu'avec une extrême lenteur ; là au contraire où il pourrait se dispenser de toute immixtion, il se fait producteur et presque toujours mauvais et cher producteur.

Nous disions en 1869 :

« L'Etat est fabricant de fer à la Chaussade-Guérigny, de machines à Indret, de cordages à Brest et à Toulon, de porcelaines à Sèvres, de tapis aux Gobelins, de poudre à Angoulême, de tabac à fumer et à priser dans une foule de départements. Il est encore distributeur de lettres et de dépêches télégraphiques, tout en élevant pour ces deux dernières fonctions la prétention que nous repoussons et dont nous réclamons la suppression, d'être seul à les remplir. Il y a lieu d'être surpris qu'il ne soit pas producteur de blé, de viande, de toiles, de vêtements, etc. ; en un mot que, seconde Providence, il n'aspire à être le nourricier et le costumier de la France.

« Nous demandons que cette ingérence cesse et que, à l'exemple de tous les consommateurs, l'Etat quand il a des besoins, s'adresse à la production sous forme d'adjudication. Ce ne sont pas, Dieu merci, les établissements de produits similaires qui manquent aujourd'hui ou qui manqueront. Rien ne l'empêcherait de vendre ou de louer les établissements qu'il possède [1]. »

La restitution de ces branches au travail national déterminerait de nombreux progrès sans compter les économies qui en résulteraient. Prenons un exemple : les canons prussiens dont chacun reconnaît la supériorité sortent de l'établissement d'Essen, dont le propriétaire est le célèbre Krupp, inventeur de l'application de l'acier à l'artillerie et l'auteur de nombreux perfectionnements. La liberté de la fabrication d'armes a fait surgir, en Angleterre et aux Etats-Unis, une foule de nouveaux types tels que les fusils Snyder, Remington, Comblain, Martini, etc. Enfin n'avons-nous pas vu durant la dernière guerre, des usines en province et à Paris improviser d'excellents canons.

Dans les deux pays cités plus haut, l'Etat a recours le plus possible à l'industrie privée et il ne s'en trouve que mieux. Pourquoi n'en serait-il pas de même en France ? Le gouvernement y perdrait peut-être des fonctionnaires, mais il gagnerait sous d'autres rapports. Le travail national y bénéficierait de son côté, comme exportation.

---

[1] *Enquête parlementaire sur le régime économique.— Rapport de la commission permanente lilloise,* par A. Stiévenart et H. Verly, page 86.

L'Etat s'érigeant en grand-maître de la production artistique en matière de tapis et de porcelaines, s'impose une tache que l'initiative privée et le bon goût public rempliraient plus efficacement.

La culture, la fabrication et la vente du tabac devraient être libres ; l'Etat pourrait borner son rôle à prélever un impôt sur les terres portant cette plante et calculé de façon à atteindre le revenu actuel [1].

A cet égard si l'Etat s'obstinait à conserver une administration coûteuse, il devrait faire cesser le privilége de culture donné à certaines régions [2]. Il est évident que la suppression de ce monopole permettrait à quelques-uns de nos départements d'exporter certaines qualités de tabac. Les tabacs que l'Amérique livre annuellement à l'Europe équivalent à plusieurs centaines de millions de francs.

Inutile d'ajouter que les débits de cette plante devraient être libres ou, si on tenait à en restreindre le nombre, mis en adjudication.

Signalons encore l'avantage qu'aurait l'Etat à supprimer les haras et à laisser cette besogne, comme en Angleterre, à l'initiative privée. Plusieurs millions pourraient être épargnés de ce chef.

---

1 Il serait possible d'étendre ce système aux terres portant la betterave à sucre ou encore, ce qui permettrait de supprimer un personnel coûteux, de placer un employé à la bascule que possède toute sucrerie.

2 Seize départements sur quatre-vingt-neuf jouissent de l'autorisation de cultiver le tabac.

Production de certaines matières premières.

Le chapitre qui précède a déjà élucidé ce point. La solution dépend de trois causes principales : le transport économique, l'instruction et un aide financier.

Les bassins du Nord et du Pas-de-Calais, qui renferment toutes les variétés connues de combustibles égales aux meilleures qualités de l'Angleterre et de la Belgique, pourraient — mis en cours complet d'exploitation — arriver à augmenter leur production d'une quantité supérieure à celle actuellement importée en France ; malheureusement les débouchés actuels leur sont fermés par des conditions défectueuses de communication qu'il serait possible de transformer.

Les canaux de la mer à Lille et à Valenciennes, longent ou traversent cette vaste zone charbonnière qui s'étend sur environ 100 kilomètres ; ils sont très imparfaits. Nous avons signalé dans un chapitre antérieur les moyens d'améliorer leur navigation, et de faire arriver économiquement les charbons de cette partie de la France non-seulement dans nos ports du littoral de Dunkerque à Nice, mais encore dans ceux du Levant.

De 1864 à 1866, les importantes mines d'Aniche, près Douai, ont fourni des charbons au Hâvre ; mais l'obligation onéreuse de transbordement à Dunkerque, le déchet qui résultait de cette opération, la perte de temps, la nécessité d'un double fret, la faible capacité des bateaux due aux dimensions trop petites des écluses et à l'insuffisance du tirant d'eau, toutes causes qui grévaient de plusieurs francs chaque tonne de combustible, forcèrent ces importantes houillères à cesser leurs envois [1].

Or, l'Angleterre livre annuellement le long de notre littoral pour 25 millions de francs de houille. Ces expéditions feront même un jour défaut en présence du stationnement inévitable des gisements anglais qui ne tarderont guère à atteindre leur maximum d'extraction.

Les houilles belges et prussiennes alimentent nos départements de l'Est parce que ceux-ci ne sont pas encore reliés directement par des voies de fer et d'eau au nord de la France, bien que des chemins de fer soient, entre ces deux régions, vainement demandés en concession, sans subvention ni garantie. Le département de la Seine est encore en partie approvisionné par la Belgique et l'Angleterre, grâce aux tarifs établis en 1864 au profit de produits étrangers, seuls favorisés par la compagnie du Nord.

Nous avons vu que les minerais de zinc, de cuivre, de plomb et d'étain venant du dehors pouvaient être traités au pied des houillères du Nord aussi bien qu'aux environs de Liége, d'Anvers, de Londres et de Hambourg ; il en serait de même des minerais de fer de l'Algérie et de notre littoral.

En 1869 la compagnie asturienne des mines de zinc a établi des fours pour traiter ce métal à Dorignies près Douai ; à Biatche-Saint-Vaast, sur la Scarpe, on travaille des minerais de cuivre d'Amérique et de plomb argentifère venant principalement de la Sardaigne. Ces industries, peu importantes encore, se développeraient

1 Le riche bassin houiller de Saint-Etienne approvisionnerait la Méditerranée si un canal le rattachait au Rhône et si la navigation de ce fleuve était améliorée. Il en serait de même des vastes zones charbonnières du Gard et de l'Hérault, en partie stérilisées, comme celles du Nord, par l'insuffisance ou la cherté des moyens d'écoulement.

largement si les améliorations, que nous signalons étaient adoptées.

L'extension des moyens de transport provoquerait le développement de la culture du houblon, des céréales, des lins, chanvres, de la garance, de la betterave à sucre, etc.; la plupart de ces matières agricoles sont déjà l'objet d'une certaine production qui s'étendrait à de nouvelles régions si celles-ci étaient mises en rapport économique avec les principaux points de consommation, et encore avec les bassins extrayant la houille.

Environ 10 millions de francs ont été dépensés pour développer en Irlande la culture du lin, où elle était à peu près inconnue avant 1847. Actuellement ce pays récolte pour 40 à 50 millions de ce textile dont la production a été pour l'agriculture irlandaise un grand soulagement.

Comme aide financier, il nous parait indispensable de créer un crédit foncier pour les mines et la métallurgie, qui manquent d'une institution de ce genre; pour l'agriculture, l'instrument ou du moins le nom ne fait pas défaut, mais le Crédit foncier et le Crédit agricole prêtent rarement à la culture. Nous croyons qu'il faudrait provoquer dans chaque région l'établissement de semblables institutions.

Ainsi nos industries pourraient parfaitement obtenir en France la plupart de nos matières premières sans être obligées de recourir à l'étranger; ce qui constitue une cause d'infériorité et de cherté, une perte de travail et d'argent, et un emploi moins étendu et moins rémunérateur de la main-d'œuvre. Il en serait de même pour l'agriculture. En réalité, c'est une déperdition annuelle de plusieurs centaines de millions infligée à la nation.

Enfin nos cultivateurs ne quittant pas leur village,

étant habitués à un système de culture usité depuis plusieurs générations, manquent pour la plupart d'initiative parce que les connaissances leur font défaut.
Cependant ils sont hommes, et l'instruction obligatoire,
si elle était sérieusement appliquée, les préparerait à
profiter de l'enseignement agricole qui devrait exister
dans chaque département sous forme de ferme modèle.
La diffusion de ces utiles établissements vulgariserait
la culture si avantageuse des plantes industrielles;
ces améliorations contribueraient puissamment à réfor-
mer les conditions actuelles de la production agricole
encore si défectueuse dans la plupart de nos départements. Sous tous les rapports, la France, dont plus
de la moitié des habitants vit du sol, gagnerait largement à cette transformation.

La création de docks.

Le travail national ne peut rivaliser au dedans et au dehors qu'à la condition d'être doté d'éléments égaux à ceux des autres peuples. Sans parité, toute lutte est impossible ou oblige, pour niveler les prix de revient, à la fàcheuse extrémité de peser sur les salaires et de restreindre la production.

Nous manquons de docks dans nos grandes cités ; quelques villes seules en sont munies et encore sont-ils fort incomplets. Cependant les avantages que ces établissements amènent sont importants : ils permettent de supprimer de coûteux magasins et leurs accessoires ; ils procurent de nouveaux capitaux par les prêts sur marchandises ; ils ouvrent la carrière commerciale et industrielle à de nouveaux citoyens, et donnent à tous la possibilité d'accroître économiquement leurs moyens d'action. Supposons un manufacturier ou un négociant déposant aux docks pour 50,000 francs de marchandises et recevant 60 p. 100 en prêt ; c'est une nouvelle somme de 30,000 francs dont il dispose, qu'il peut encore employer en achats sur lesquels il recevra une seconde avance. Voilà donc un capital doublé et les bénéfices accrus.

Comment se fait-il qu'un système n'offrant aucun risque au prêteur et présentant une aussi grande utilité au déposant, n'ait pas encore été employé en France alors qu'il est partout usité en Angleterre où il est en usage depuis soixante-dix ans, et rapporte aux établissements qui l'appliquent 8 à 10 p. 100. Il ne peut y avoir d'autres causes à cette lacune que les suivantes : ignorance et préjugé.

Le premier motif disparaîtrait, si une brochure démontrait au public les avantages de dépôts effectués dans de semblables conditions. Le second repose sur l'idée générale qui règne en France, que des avances faites sur marchandises dans des magasins publics ressemblent à des engagements au mont-de-piété. Or, comme on craint le soupçon de mauvaises affaires, on ne veut pas avoir son nom inscrit sur un warrant pouvant circuler de main en main. Cependant on n'hésite pas à emprunter à un banquier, et personne ne songe à se passer de ce fragile crédit, difficile parfois à obtenir, revenant cher et faisant dépendre la carrière industrielle et commerciale d'honorables citoyens du caprice d'un seul homme. Ces inconvénients seraient supprimés ou atténués avec le système des avances sur marchandises.

Il y a dans la façon dont on envisage en France deux opérations distinctes : l'emmagasinement et le prêt, une appréciation erronée. Les plus grands négociants et industriels anglais n'hésitent pas à faire usage des docks. Quant à la crainte de voir sa signature compromise, il suffirait pour la dissiper de rendre le warrant anonyme, transmissible sans autre signature que celle de la compagnie des docks dont le crédit, dans des conditions aussi sûres, suffirait pour la négociation à la Banque de France ou à toute autre institution financière, et que pourrait encore renforcer l'aval d'une ou plusieurs maisons de banque.

Avec l'installation de docks dans nos principaux ports et centres manufacturiers, nos armateurs et nos industriels se décideraient à se mettre en rapport direct avec les lieux de production et de consommation. Actuellement, comme il n'existe pas d'établissements semblables pour déposer des cargaisons et pouvoir attendre leur vente, ainsi que pour y trouver un frêt de retour, c'est vers l'Angleterre plus avisée, que se dirigent la plupart des envois destinés à la France, et celle-ci est tributaire de sa rivale pour le commerce international. Il est à remarquer que nos principaux centres maritimes manquent non-seulement d'un ou plusieurs instruments de dépôt, mais encore d'appareils économiques de chargement et de déchargement. Même lacune dans nos ports intérieurs. Nos points d'expédition et de réception sont insuffisants ; ainsi Dunkerque, par exemple, est parfois encombré, et il y aurait même utilité à créer à l'embouchure de l'Aa, en face de Gravelines et à quelques kilomètres de la côte, un port qui pourrait remplacer, en totalité ou partie, Anvers, Hambourg et Brême [1].

Il n'existe pas une situation plus admirable que celle de notre littoral de la Manche, devant lequel passent, à quelques kilomètres de distance, des milliers de navires à destination réciproque des mers du Nord et de l'Océan [2]. Nos ports, dans cette région, devraient approvisionner la Belgique, la Suisse, une partie de l'Allemagne et de l'Italie, car ils sont mieux placés qu'Anvers, Hambourg [3] ; mais cette position plus rapprochée voit son économie détruite par l'infériorité de nos voies navigables, la cherté et l'insuffisance de nos chemins de fer et l'absence de docks. Loin d'alimenter les autres peuples, c'est l'étranger, géographiquement

---

1 Le nouveau port de Saint-Louis, à l'embouchure du Rhône, va dégager celui de Marseille devenu insuffisant.

2 La distance entre Douvres et Calais est de 22 kilomètres, soit du milieu de la Manche à ce dernier port 11 kilom., représentant une heure ou deux seulement de détour.

3 Anvers est à 150 kilomètres de Dunkerque, ce qui représente une augmentation de frêt par tonne.

moins bien situé que nous, qui nous approvisionne en partie [1]. Nous y perdons, en outre de notre travail national grevé de frais, des ressources maritimes considérables.

La même infériorité se manifeste pour nos ports de la Méditerranée et de l'Atlantique ; il est certain que Marseille, Bordeaux et Nantes accapareraient tout ou partie du trafic des Indes et de l'Amérique sur l'Italie, la Suisse, l'Espagne et le midi de l'Allemagne si ces ports étaient dotés non-seulement de docks, mais aussi, ce qui en est le corollaire indispensable, de voies de communication intérieures plus nombreuses et plus économiques.

Ainsi, de ce côté encore, ce ne sont pas les éléments qui manquent, mais simplement qu'il ne s'est pas jusqu'ici trouvé en France de ministres assez versés dans la connaissance des nécessités du pays pour savoir en tirer un fécond emploi, et que certains préjugés qu'il serait facile de faire disparaître, règnent dans nos classes industrielles et commerciales.

---

1 Des nombreuses marchandises passent devant Dunkerque, vont à Anvers et rentrent par terre en France.

Les améliorations diverses.

Il se trouve un certain nombre de réformes qui, prises séparément, peuvent paraître de peu de valeur, mais dont l'ensemble présente une assez grande importance ; nous nous proposons d'en signaler quelques-unes. Leur réalisation dépend d'une part de l'État et des départements, de l'autre de l'initiative privée.

CAISSES D'ÉPARGNE. — Il serait possible de tirer des caisses d'épargne un emploi avantageux, en permettant à ces établissements de faire dans des limites raisonnables des prêts hypothécaires. Voici, par exemple, un ouvrier ou un cultivateur désirant acheter un morceau de terre d'une valeur de 600 francs, il possède pour tout avoir 300 francs : la caisse d'épargne pourrait être autorisée à avancer le surplus, remboursable par annuités réparties en plusieurs années.

Cette terre qui resterait le gage du prêt, l'ouvrier la cultiverait dans ses moments de loisir et y trouverait un accroissement de ressources. De cette combinaison découlerait le double avantage d'une économie et d'un temps passé agréablement.

Par le même procédé le cultivateur agrandirait son domaine.

Ce mode pourrait s'étendre à l'achat de maisons ; un exemple en fera ressortir les avantages :

Il s'est formé, en 1866, à Lille où fonctionne une caisse d'épargne ayant de 6 à 7 millions de dépôts, une compagnie immobilière qui, à l'instar de ce qui s'est fait d'analogue à Mulhouse, construit, loue et vend des maisons ouvrières. Supposons le prix de cession de chacune à 2,500 francs et une famille voulant en faire l'acquisition, mais ne possédant que 1,000 francs, la caisse d'épargne pourrait être autorisée à prêter le surplus ou encore, comme ces maisons sont payables à la compagnie en annuités, faire une avance quand le remboursement restant à effectuer ne dépasserait pas la moitié du coût de l'immeuble.

Comme dans le prêt hypothécaire l'intérêt demandé par une compagnie ou par un notaire, qui s'occupe rarement d'aussi minimes avances, s'élève de 5 à 6 %, la caisse d'épargne pourrait n'exiger que le taux donné aux déposants, soit 3 % ou 3 1/2 % dont 1/2 % pour frais, ce qui représenterait une économie de 1/2 à 3 %. L'avantage serait chaque année sur 500 francs de fr. 7.50 à fr. 15, le double s'il s'agissait de 1,000 fr.

Chaque caisse d'épargne prêtant jusqu'à la limite de 50 % de ses dépôts, il n'y aurait aucun danger d'insuffisance de fonds en cas de nombreux remboursements ; ceux-ci dans les moments de crise violente ont rarement atteint ce chiffre s'ils l'ont atteint [1].

Par l'échéance des annuités, les fonds des caisses se reconstitueraient constamment.

Étendons l'application de ce système.

Voici un cultivateur possédant 2,000 francs en biens fonciers ; s'il obtenait de la caisse d'épargne de son canton un prêt temporaire d'une ou plusieurs années, il achèterait des engrais et augmenterait sa production ou louerait de nouvelles terres. Il pourrait encore acquérir quelques bestiaux et les utiliser ou les revendre après engraissement, accroître son matériel ou le remplacer. Cette combinaison constituerait le véritable

---

1 En 1870, avant la guerre, les caisses d'épargne comptaient 720 millions de francs. Après la Commune, 526 millions ou moins de 30 0/0. La Caisse d'épargne de Paris possédait avant la guerre 54 millions, après la Commune 41 millions, soit un retrait de 25 0/0 seulement.

crédit agricole à bon marché et à condition bien plus économique que l'institution qui porte ce nom ; elle s'adresserait aux petits cultivateurs qui forment la classe la plus nombreuse et la plus intéressante. Tout le monde y gagnerait et l'État doublement, d'abord comme accroissement de revenus par suite du développement de la production, ensuite comme diminution d'intérêts. Il serait nécessaire pour faciliter ces prêts de supprimer ou de diminuer les frais d'inscription hypothécaire.

D'après la statistique officielle, les caisses d'épargne possédaient au 31 décembre 1868, 633,238,270 francs de dépôts, ce qui permettrait à 50 % de faire des prêts jusqu'à concurrence de 316,619,125 francs qui ne resteraient plus stérilisés. Les intérêts alloués s'étaient élevés à 21,130,050 francs que l'État avait dû payer et dont il serait en partie déchargé. La moyenne des dépôts montait à 321 francs.

Au sujet des caisses d'épargne signalons quelques mesures à prendre :

1° Enseigner dans les écoles leur mécanisme et leur utilité ;

2° Les mettre sous la direction des départements en place de celle de l'État ;

3° Les autoriser à acheter les obligations de chemins de fer garanties par l'État et les titres d'emprunts départementaux et municipaux ;

4° Augmenter leur nombre qui ne s'élève encore, en 1872, qu'à 1,373 bureaux sur 35,000 communes que compte la France. Tout chef-lieu de canton devrait en posséder une avec succursale dans chaque localité ; les facteurs recevraient une fois la semaine les sommes des agences placées dans les mairies sous la direction du secrétaire communal et de la municipalité, pour les verser à la caisse cantonnale ou à une caisse publique ;

5⁰ Les ouvrir comme en Angleterre les samedis soir et jours de paie.

Le gouvernement anglais, tout en respectant l'organisation des caisses d'épargne privées, décida en 1861 la création d'une caisse officielle dont l'administration fut confiée au directeur général des postes. Les bureaux de poste furent chargés de recevoir les versements, soit directement, soit par l'intermédiaire des facteurs. En 1862 la Grande-Bretagne comptait 4,523 bureaux légaux d'épargne détenant 1 milliard 400 millions appartenant à 2,500,000 déposants. En 1870 il restait 496 caisses d'épargne privées possédant 949 millions dus à 1,380,000 personnes.

On ne saurait trop stimuler l'épargne et au lieu de la laisser inactive, on pourrait l'utiliser sans aucun risque au profit des travailleurs et des petits cultivateurs. On a calculé qu'un franc déposé chaque semaine se trouve après 32 ans produire 3,000 francs. C'est-à-dire qu'un ouvrier qui commencerait à verser à partir de 20 ans posséderait à 52 ans 3,000 francs ou le double en mettant 2 francs, ou encore avec 2 francs hebdomadairement 3,000 francs en 16 ans. Le même calcul peut s'appliquer aux bénéfices réalisés par les prêts [1].

DE L'ÉCONOMIE DOMESTIQUE. — On a remarqué que toute personne ayant fait à la caisse d'épargne un premier dépôt, cherche à le développer et évite avec soin le cabaret et les chômages. Il y a donc lieu d'encourager ce mode. Aussi nous croyons que les industriels,

[1] Des centaines de millions restent enfouis par petites sommes dans nos campagnes ; l'ignorance et l'insuffisance des caisses d'épargne sont les causes de la perte d'intérêt et d'emploi qui résulte de leur inaction pour leurs détenteurs et le pays.

qui sont hommes et ont comme chefs le devoir de guider leurs ouvriers, feraient chose excellente et chrétienne : 1° en distribuant des prix à ceux de leurs ouvriers qui, relativement à leur charge et à leur gain, auraient déposé à la caisse la plus grosse somme ; 2° en répartissant sous forme de livrets inaliénables pendant un certain temps, le produit des amendes entre les travailleurs qui n'auraient subi aucune retenue.

Le premier mode est employé avec beaucoup de succès depuis quelques années par la compagnie des mines d'Aniche (Nord) ; l'émulation était telle qu'au début les femmes de mineurs se plaignaient de ce que leurs maris mettaient trop à la caisse d'épargne.

CRÉATION DE TRAINS D'OUVRIERS AUX ENVIRONS DES CENTRES INDUSTRIELS. — Les compagnies de chemins de fer en Angleterre ont, principalement aux environs de Londres, créé des trains spéciaux pour les ouvriers dans le but de leur permettre de s'établir aux abords des grandes cités ; les travailleurs partent le matin, reviennent le soir et quelquefois vers midi ; ils jouissent à la campagne d'un logement plus sain, plus spacieux, moins coûteux et d'un potager. Naturellement leur santé et celle de leurs enfants se ressentent d'un milieu hygiénique favorable. Quand on a vu dans nos grandes villes les taudis dans lesquels couchent à prix élevés des êtres humains, les vices et les maladies qui en résultent, l'étiolement d'une race qui perd sa vigueur, on ne saurait trop encourager ce déplacement. Pour réaliser cette amélioration, les compagnies de chemins de fer devraient multiplier les haltes à proximité de nos grandes cités et organiser des trains spéciaux avec une quatrième classe à bas prix. Elles y gagneraient comme le prouve l'exemple des chemins de fer du midi de l'Italie et de ceux des environs de Londres.

CONCENTRATION DES CULTURES — La culture en France est très divisée, trop peut-être en certains cas ; cet inconvénient s'aggrave d'un nouveau défaut : l'éparpillement des terres appartenant à un seul fermier.

Les conditions actuelles se résument généralement de la manière suivante : un cultivateur possède des terres placées à des points opposés et souvent éloignés ; ses voisins se trouvent dans la même position. Il en résulte une surveillance moindre et une perte de transport et de temps.

En Allemagne, dans un assez grand nombre de localités, il existe des commissions dont le rôle consiste à provoquer des échanges et à concentrer les cultures ; elles fixent, quand il y a lieu, une soulte en argent. Nous avons en France dans chaque localité des commissions de répartition des impôts, mission assez délicate ; les habitants d'une commune, ou le Conseil municipal ou encore la commission cantonnale, pourraient créer des institutions analogues à celles fonctionnant en Allemagne et qui ont rendu de nombreux services ; l'introduction dans chaque village des avantages de ce système constituerait une amélioration.

DU TRAVAIL A LA TACHE. — La plupart des travaux pourraient aujourd'hui être exécutés à la tâche surtout avec l'emploi, durant ces trente dernières années, de métiers ingénieux. L'industriel et l'ouvrier gagneraient à l'adoption de ce système. Le premier bénéficierait d'une production plus grande avec le même engin, le second d'un gain plus élevé : celui-ci de salarié, puisqu'on attache aujourd'hui une idée de défaveur à ce terme, passerait entrepreneur et, suivant son habileté et son assiduité, il augmenterait ses bénéfices. Il faudrait nécessairement ne pas se rebuter par les obstacles que toute innovation rencontre au début, et qu'une certaine persévérance ferait insensiblement disparaître.

DU SYSTÈME COOPÉRATIF. — Le système coopératif s'applique principalement aux deux formes suivantes : *la production* et *la consommation*.

Les sociétés de production ont pour elles l'avenir; actuellement leur établissement rencontre les difficultés suivantes :

Elles se voient en face d'un état de choses qui tue ou restreint l'initiative. Les fermes générales du Rail et du Billet de banque prélevant une dîme élevée sur le travail, et celui-ci se trouvant encore enchéri par d'autres causes que nous avons déjà signalées, les prix de vente en sont artificiellement accrus et notre production s'en ressent. Il est difficile dans ces conditions défectueuses et limitées d'appliquer avec succès la coopération à la production.

A ce point de vue, on a le droit de se plaindre énergiquement et il est du devoir du gouvernement s'il a pour seul guide l'intérêt général, de faire disparaître les monopoles et les prébendes financières. Dans ce cas, mais dans ce cas seulement, on ne saurait trop le répéter, le capital est oppressif car il jouit de privilèges préjudiciables. Mais le capital des autres branches ne se trouve pas dans ces conditions et il ne mérite pas les attaques qu'on lui adresse, car lui-même est victime de cette situation.

L'ignorance des associés dans les sociétés coopératives et parfois leur indiscipline, est une seconde cause d'insuccès. On voudrait des bénéfices égalitaires, comme si les travailleurs ne différaient pas de vigueur et d'habileté Avec des salaires identiques, l'ouvrier expérimenté ne recevant pas plus que son camarade moins habile, est mécontent, il quitte l'association ou il produit moins. Or, le gain proportionnel au travail est quelquefois l'objet de jalousie et de dissentiments. Parfois, il y a des paresseux pour qui la coopération est le droit à l'oisiveté. Chacun étant associé, tout le monde prétend être maître et agir à sa guise. Le gérant dont on envie la place est d'autant moins respecté et sa surveillance d'autant plus difficile, que chacun se croit son égal et reçoit mal ses observations. S'occupant des achats et des ventes, il passe pour un parasite, alors qu'il est la clef de voûte de l'association. En réalité, une plus grande dose d'instruction et d'expérience, un choix sévère des associés dont il est prudent de ne pas exagérer le nombre, et la faculté d'expulser les récalcitrants, feraient disparaître ces inconvénients.

L'instabilité politique qui, depuis le commencement de ce siècle, a caractérisé la France, est une troisième cause, qui disparaîtra avec l'établissement définitif de la forme républicaine. Nous avons traité dans le premier chapitre le problème gouvernemental. On comprend que des sociétés coopératives obligées de distribuer chaque année leurs bénéfices à un grand nombre d'associés, ne pouvant avoir aucune réserve, soient à la merci de crises, avilissant les prix, et finissent par succomber.

Il existe, pour la création de sociétés coopératives, un capital entièrement libre et accessible, celui des caisses d'épargne s'élevant de 6 à 700 millions. Avec une somme aussi énorme appartenant aux travailleurs, ceux-ci peuvent, sous forme de prêts, d'actions ou d'obligations, fonder plusieurs milliers d'associations. Il est certain que si quelques sociétés de coopération réussissaient, on verrait les possesseurs de fonds à la caisse d'épargne, où ils ne reçoivent que 3 à 4 p. 0/0 les retirer, pour gagner le double et le triple.

On attribue à l'influence du capital la situation précaire de certaines classes de la société, la preuve qu'il n'est pas aussi coupable qu'on le déclare et qu'il faut chercher ailleurs le mal, c'est l'exemple de ce qui s'est passé en 1848. A cette époque l'Assemblée constituante décida qu'une somme de 3 millions serait mise à la disposition des sociétés coopératives, cinquante-six se formèrent et reçurent 2,900,000 francs, en 1860 il n'en restait plus que six, les cinquante autres avaient sombré. De 1850 à 1870, il s'est formé à Paris et en province des banques de crédit au travail qui ont fourni les capitaux nécessaires à des associations coopératives, la plupart de celles-ci ont néanmoins succombé.

Nous nous sommes étendus à dessein sur ce sujet important pour dissiper certaines erreurs, montrer les véritables causes de l'insuccès des sociétés coopératives, et concentrer les efforts de tous contre les obstacles qui empêchent véritablement le travail en général de prendre plus d'extension et d'être mieux rétribué.

En somme, la coopération pour la production est une des principales formes qu'est appelé à revêtir le travail, quand celui-ci se trouvera en présence d'une situation politique stable; quand il ne sera plus exploité, soumis à des conditions anti-économiques et lorsque l'instruction, l'expérience auront fait comprendre aux travailleurs le mécanisme de ces associations, ses nécessités et l'absurdité de laisser à peu près stérile un capital de plus d'un demi-millard.

Les sociétés coopératives de consommation sont susceptibles d'une application immédiate.

Leur organisation est généralement ainsi conçue :

Un ou plusieurs patrons et leurs ouvriers s'assemblent et établissent un magasin; la vente a lieu au prix coutant augmenté des frais généraux ou au prix de vente des autres détaillants, en distribuant annuellement la différence à chaque associé au prorata de ses achats.

Les avantages sont les suivants : un prix moindre ou égal, une qualité exempte de mélange et un poids exact.

Le détaillant est obligé de vendre à conditions plus élevées parce qu'il donne à crédit et éprouve des pertes; tout risque se traduit par une prime plus élevée. En outre, il cherche naturellement à amasser. Par la coopération toute vente est directe, a lieu au comptant ou est inscrite sur un livret dont le montant est déduit lors de la paie de la semaine ou de la quinzaine.

Nous croyons que c'est surtout à chaque patron ou à un groupe de patrons quand ils occupent cent familles, à organiser des magasins coopératifs, à leur adjoindre après parfait fonctionnement une caisse d'épargne, servant à acheter les marchandises, et recevant, en outre d'un intérêt, une part dans les bénéfices. Rien n'empêche pour des denrées exigeant une grande surveillance et d'une conservation difficile d'avoir un compte chez un boucher et un boulanger qui, étant certains d'être payés au comptant, vendront moins cher. Nous voyons par les adjudications faites à la troupe et aux hospices, qu'on peut obtenir sur le pain et la viande un rabais assez élevé.

Il est du devoir des patrons de se mettre en tête du mouvement coopératif. Leur intérêt même doit les y engager, car si une famille achète annuellement pour 400 francs et qu'elle y gagne 10 p. 100 soit 40 francs, ses ressources seront accrues d'autant, et cette économie représente plus de 10 c. par jour.

Les sociétés de consommation ont réussi là où elles ont été conduites avec habileté et persévérance.

DE LA CRÉATION D'UNE COMMISSION DES VŒUX. — Depuis vingt ans les Conseils généraux voient leurs vœux voués au sort suivant : ou ils plaisent au ministre ou plutôt à ses bureaux, qui ont constitué jusqu'à ce jour le véritable gouvernement, et il s'en sert ; ou ils déplaisent, et alors ils sont enfouis dans un carton avec une réponse dérisoire ou un ajournement, ce qui revient au même. Telle était et telle est restée la manière d'agir de l'administration en France.

Pour mettre un terme à l'arbitraire des directeurs et chefs de division, l'Assemblée nationale devrait décider la nomination d'une ou plusieurs commissions par région. Celles-ci obligeraient les ministres à formuler une opinion sérieuse sur les vœux émis par les Conseils généraux et à y donner suite ; elles auraient la faculté d'en référer à la Chambre.

DE LA BIENFAISANCE. — Bien des lacunes existent en France au point de vue de la bienfaisance ; nos hôpitaux et nos hospices sont insuffisants ; nous manquons d'écoles, de crèches, d'orphelinats, d'asiles pour la vieillesse, de bibliothèques, etc. Que de quartiers pauvres dans les villes se trouveraient transformés, si une fontaine, des lavoirs publics, une salle chauffée en hiver, et un jardin venaient à y être établis. Le champ du bien demeure en grande partie en friche, l'institution de sociétés de bonnes œuvres le féconderait. Pourquoi, soit durant sa vie, soit au moment de mourir, tout citoyen aisé n'abandonnerait-il pas une parcelle quelconque de sa fortune pour soulager ses semblables moins heureux, et témoigner ainsi sa gratitude à la société qui lui a permis d'amasser quelques biens et qui lui en a assuré la jouissance ? Une pareille donation serait éminemment chrétienne. Il en coûte relativement peu d'établir, par exemple, un lit dans un hôpital ou de participer à sa fondation, et de pouvoir se dire qu'on aura adouci le sort d'un malheureux. En Angleterre et aux États-Unis, les dons abondent et s'adressent à une foule d'œuvres utiles ; tachons qu'il en soit de même en France en appelant l'attention des classes aisées sur cette question si intéressante de l'assistance volontaire. Nous possédons des administrations charitables, des conseils municipaux à qui on pourrait confier le soin d'employer les legs qui seraient faits. Stimulons donc le zèle des amis de l'humanité, de tous ceux qui veulent laisser de leur passage sur la terre un souvenir béni. Combattons l'égoïsme, ou il nous dévorera.

Pour encourager et récompenser les offrandes, pourquoi ne pas perpétuer les noms des donateurs, en les inscrivant sur des tables de marbre, placées dans les établissements qu'ils auraient contribué à fonder? Trop de publicité ne saurait être prodiguée aux bonnes œuvres [1].

Nos hospices et hôpitaux pourraient accroître leurs ressources par un placement plus avantageux de leurs capitaux. Leur revenu ordinaire s'élevait en 1864 à 28,183,827 fr. dont 2,565,634 fr, provenant d'exploitations industrielles et 14,970,876 fr. de biens immobiliers. Ceux-ci ne rapportent que 2 à 3 p. 100, l'achat de titres de rente, ou d'obligations de chemins de fer garanties par l'État, dont le remboursement s'opère avec une plus-value de 65 p. 100, permettrait d'augmenter d'environ 25 millions les sommes affectées actuellement au soulagement des malheureux.

1 Au lieu de donner à nos rues et places de fastueux titres de batailles qui ne rappellent que des scènes de carnage, on ferait mieux de les appeler des noms des bienfaiteurs de la cité.

L'administration et les administrés.

Nos administrations et naturellement nos administrateurs que, d'après un cliché célèbre dû à un haut fonctionnaire « l'Europe nous envie », ne sont en réalité ni enviés ni enviables. Il a fallu le spectacle de ces quarante dernières années et de la guerre avec la Prusse pour prouver à la France la nécessité de profondes modifications, et pour montrer qu'il y avait lieu à une nouvelle organisation qui fit désormais des Français des « citoyens » et non des administrés.

La question à résoudre est la suivante : dégager l'État de la gérance des questions départementales et locales ; simplifier les rouages administratifs et confier autant que possible les fonctions publiques à des corps élus.

En un mot tout ce qui est local doit être attribué à la commune, cantonal au canton, régional au département et national à l'État.

Cette répartition favoriserait tous les intérêts et allégerait le fardeau de l'État, dont elle dégagerait la responsabilité ; elle créerait une autonomie rationnelle ; elle permettrait à chaque corps élu de fonctionner en toute plénitude dans une sphère qu'il connaitrait. Une semblable décentralisation, qui ne présente aucun caractère politique, aurait après un certain fonctionnement d'excellentes conséquences.

Prenons la commune : elle aurait la libre disposition de ses biens, le droit de lever des impôts communaux et de faire les dépenses qu'elle jugerait utile, sauf dans certains cas, à recourir à l'approbation de la commission cantonnale.

Celle-ci serait formée de délégués nommés suivant la population par les communes, soit directement, soit par les conseils municipaux. Elle approuverait le budget des localités, des bureaux de bienfaisance ; elle répartirait les contributions, les contingents d'hommes. Elle serait chargée des chemins vicinaux, avec avis sur les routes départementales, nationales et voies ferrées, en un mot de tous les intérêts du canton. Elle aurait le droit de créer des impôts cantonnaux, et elle pourrait faire acte d'initiative quand il s'agirait de dépenses utiles au canton.

Le Conseil général serait déclaré propriétaire des routes nationales et des voies d'eau, avec faculté d'y apporter les extensions et perfectionnements qu'il jugerait convenables ; il déciderait des demandes en concession de chemins de fer, mines, etc. Il aurait sous ses ordres, la gendarmerie qu'il recruterait, composerait et solderait [1], les administrations financières, etc. Il répartirait les contingents d'hommes, les impôts fixés par l'État et aurait le droit d'établir des taxes pour les départements, de faire tout emprunt et de créer un fonds commun pour les cantons. Les avancements dans les administrations auraient lieu par le Conseil général sur la proposition de la commission départementale et, pour certains corps, comme la magistrature, sous diverses garanties. Pour les questions communes entre plusieurs départements, les Conseils généraux auraient le droit de nommer des commissions mixtes ; leur mission étant plus étendue, ils se réuniraient aussi fréquemment qu'ils le voudraient et au moins une fois par trimestre. En cas de dissolution illégale du gou-

1 En Suisse la gendarmerie est sous les ordres de chaque canton qui la recrute et la solde.

vernement, les forces militaires dans chaque département et tous les fonctionnaires devraient obéir uniquement à la commission permanente ; celle-ci serait tenue
de faire prêter serment aux troupes et aurait la faculté
de suspendre les officiers et fonctionnaires. Elle pourrait s'entendre avec les commissions des départements
voisins.

L'État aurait dans ses attributions les grandes questions nationales, telles que les relations extérieures,
l'armée formée des contingents départementaux, la
marine, l'instruction publique et tout ce qui est d'un
intérêt commun. Il serait chargé de surveiller l'exécution des lois votées par les assemblées nationales. Un
réglement déterminerait les obligations de la commune
envers le canton, du canton envers le département et
de celui-ci vis-à-vis de l'État. Le Conseil d'État déciderait en cas de dissentiment. Rien n'empêcherait la
création d'un fonds commun entre les départements et
que la Chambre ou une commission élue par elle
répartirait.

L'État dégagé d'une grande partie du fardeau administratif, ne serait plus en butte à des récriminations,
à des intrigues, à des accusations de favoritisme, souvent
fondées, et à l'omnipotence de la féodalité financière qui
le domine depuis trente ans. L'intérêt général cesserait
d'être sacrifié à des influences toutes puissantes, à des
convoitises dynastiques, à cette portion d'individus qui
ne voient dans les fonctions publiques qu'une curée, et
qui sont toujours prêts à favoriser tout coup de main ou
tout coup d'État. Débarrassés d'une tutelle pesante,
fréquemment oppressive, d'une ignorance funeste des
besoins de chaque région, et d'une lenteur désespérante
dans l'expédition des affaires publiques concentrées à
Paris pour 38,000,000 d'habitants, les cantons et les

communes pourraient se livrer à d'utiles et fécondes transformations. Nous n'entendrions plus retentir à chaque instant à propos d'une mesure mal prise, ou d'un acte de faveur, cette exclamation souvent justifiée : « *c'est la faute du gouvernement !* »

Enfin la grande famille administrative ne serait plus à la merci de l'État, et parquée, comme l'armée, en dehors de la nation. Nous l'avons vue, sous le dernier régime, transformée à tous les échelons, depuis le préfet jusqu'au garde-champêtre, en un instrument de propagande, de pression et de menaces, qui faussait les votes du pays. L'avancement serait non plus le prix de la complaisance, mais la conséquence du mérite.

La décentralisation dont nous indiquons les avantages et qui serait d'un grand obstacle à un coup de main, existe en Suisse et aux États-Unis. Fait significatif, ces pays où l'État s'efface pour laisser aux citoyens le soin de gérer eux-mêmes leurs affaires, sont les mieux administrés du monde et les plus prospères. Autre conséquence importante : les habitants initiés à la vie politique par les fonctions de nombreux corps élus, incessamment renouvelés, n'élèvent que rarement des plaintes contre leur gouvernement, qui est bien leur émanation, et contre les excès duquel ils sont à l'abri. Le fonctionnarisme, cette plaie toute française, y est inconnu.

Une institution appelée à rendre d'éminents services, et dont il a été fort parlé dans ces dernières années, est celle de commissions cantonnales surtout si, comme pour le département, on leur laisse une certaine latitude. On sait dans quelle situation déplorable se trouvent les chemins de terre, et les profits importants que les campagnes retireraient de leur amélioration : les commissions cantonnales, ayant le droit de lever certains impôts, auraient rapidement remédié à ces conditions inférieures.

Elles pourraient aller plus loin, et, au moyen d'encouragements, doter leur circonscription de certains éléments de prospérité. Voyons quelques exemples :

Il existe en Belgique une fabrication considérable de dentelles qui donne lieu à une exportation importante ; il suffirait de faire enseigner le travail de ces produits par quelques ouvrières intelligentes pour créer en France une source d'occupation et de bien-être [1].

Beaucoup de villages, surtout dans nos départements du centre, manquent de fours à chaux, bien que la matière première ne fasse pas défaut. Quelques encouragements feraient disparaitre cette lacune. On n'ignore pas l'influence du chaulage sur un grand nombre de terrains dont il augmente la production.

Dans certaines parties de la France, on bat encore les céréales au moyen de chevaux, et dans presque tous les départements avec des fléaux ; l'introduction d'une batteuse mécanique procurerait aux cultivateurs un accroissement de rendement de 10 à 20 0/0, et servirait d'exemple.

Enfin la culture des plantes industrielles, telles que le lin, le colza, la betterave, la garance, etc., pourrait être appliquée dans de nombreux cantons. Nous avons indiqué les sommes élevées que l'agriculture française retirerait de ces divers produits.

On voit la bienfaisante action que les commissions cantonnales exerceraient ; pour éviter tout abus l'appro-

---

[1] La statistique officielle évalue à : 1° 2,177,000 francs le chiffre de l'importation des dentelles en lin et chanvre dont 2,076,000 francs venant de la Belgique ; 2o 1,422,000 francs, les dentelles en coton dont 1,355,000 fr. expédiées de Belgique.

bation de la commission départementale serait nécessaire.

Les Conseils généraux, pourvus des attributions que nous avons signalées ne rendraient pas moins de services. Ainsi, comme nous l'avons fait remarquer, dans le Nord et le Pas-de-Calais, il existe de la Manche à Béthune, Lille, Douai et Valenciennes, une voie navigable qui, perfectionnée, permettrait aux nombreux caboteurs de 3 à 400 tonnes, se rendant de la Baltique, de l'Angleterre et de la Méditerranée à Dunkerque et Calais, de pénétrer dans l'intérieur de ces deux départements qui y gagneraient annuellement plusieurs millions. De Marseille et de Nantes, vers le centre de la France, de Cette à Bordeaux par le canal du Midi, on obtiendrait par quelques travaux des avantages analogues. On a vu, durant ces vingt dernières années, l'administration des voies navigables et chemins de fer au ministère des travaux publics rester dans une inertie à peu près complète, et négliger, comme à dessein, ces importantes améliorations.

Débarrassés encore de la déplorable direction gouvernementale des chemins de fer, les Conseils généraux ayant la faculté que possède chaque état de la grande république américaine de concéder les lignes d'intérêt général et de les déclarer d'utilité publique, auraient rapidement mis notre réseau, si arriéré sous tant de rapports, au niveau des voies ferrées de la Belgique et de l'Angleterre. Cette attribution, comme nous l'avons dit précédemment, ne leur serait conférée que pour le cas où l'industrie des voies ferrées ne serait pas rendue libre.

Concédant encore les mines, ils feraient disparaitre les lenteurs et l'esprit étroit, souvent tracassier qui caractérise l'administration gouvernementale.

Or l'industrie , si nécessaire des recherches et de l'exploitation des mines, dont le développement est indispensable, prendrait une plus vaste extension ; de précieuses découvertes enrichiraient la nation et la débarrasseraient d'un tribut énorme payé à l'étranger. C'est à l'abondance de production du combustible minéral, à ses prix économiques de transport [1], que l'Angleterre et la Belgique doivent leur grandeur manufacturière et métallurgique, et le bon marché de leur production industrielle.

L'expérience d'administrations publiques fonctionnant sous les yeux des Conseils généraux et des commissions cantonnales, auraient bien vite décidé ces corps élus à simplifier les rouages, à faire des économies et à signaler les améliorations utiles.

L'arrondissement embrasse une trop grande étendue, les intérêts en sont trop divers. Un canton offre au contraire une sorte d'uniformité et de cohésion ; les membres de la commission qui le représentent sont chez eux, ils en connaissent les besoins à la satisfaction desquels ils sont liés, ils se voient fréquemment, peuvent étudier sur place et ont derrière eux le public pour les éclairer et les stimuler. Aussi la commission cantonnale avec certaines attributions, est-elle préférable au Conseil d'arrondissement.

Le Conseil général est pour la même cause supérieur à l'État qui, de Paris ne peut bien administrer les intérêts de 38 millions d'habitants et de 88 départements. Le Gouvernement est sujet à être trompé, à se tromper et à être dominé par de hautes et peu scrupuleuses

---

1 D'après la statistique officielle, le prix du quintal de houille était en 1869 sur le carreau de la mine en moyenne de fr. 1,15, ce chiffre est presque doublé sur les lieux de consommation par les frais de transport !!

influences. L'administration ne devant plus être un instrument politique et électoral sous la République, le gouvernement a tout avantage à dégager sa responsabilité et à laisser le pays se gérer lui-même.

L'institution de commissions cantonnales permettrait de supprimer les sous-préfectures, l'État y gagnerait plusieurs millions, et les départements, la propriété ou la location de près de 300 hôtels. Ces économies pourraient être affectées aux commissions cantonnales. Les attributions des Conseils de préfecture seraient transférées aux juges-de-paix et aux commissions cantonnales, au sein desquelles on choisirait un comité spécial avec droit d'appel à la commission départementale.

Il serait possible et utile de simplifier l'organisation judiciaire. Les tribunaux de première instance pourraient être supprimés et leurs fonctions confiées aux juges-de-paix. Un jury cantonal composé de deux à cinq membres présidé par le juge-de-paix, déciderait en matière correctionnelle. Chaque arrondissement et tout centre industriel dépassant 15,000 habitants, posséderait un tribunal de commerce dont le président serait nommé par la commission départementale sous certaines garanties de capacité. Économie et rapidité de jugement, tels seraient les avantages de cette transformation.

Passons aux administrations financières.

Les receveurs généraux n'ont aucune raison d'être, depuis longtemps on est d'accord sur la possibilité de leur suppression [1]. Il y aurait aussi à examiner si les recettes particulières elles-mêmes ne pourraient être abolies. — Pourquoi les percepteurs ne verseraient-ils

---

1 Le gouvernement a supprimé récemment les perceptions dans les chefs-lieux de département et d'arrondissement, et a transféré leurs attributions aux recettes générales et particulières ; c'était le contraire qu'il fallait faire.

pas leurs fonds à une succursale de la Banque de France [1], ou au Ministère des Finances ?

L'administration des ponts-et-chaussées et celle des mines restreignent l'initiative privée par leur esprit étroit et leurs formalités ; composées d'un personnel trop nombreux , elles sont relativement coûteuses. Mais les Conseils généraux et les commissions cantonales, ayant intérêt à faire des économies, et à une prompte expédition des affaires, auraient rapidement ramené les frais généraux à leur plus juste limite, et les agissements de ces corps à une plus pratique appréciation des besoins du pays. En Belgique, la construction et l'entretien des routes de chaque canton ou localité sont mis en adjudication. En Angleterre, où la production minérale est six à sept fois plus considérable qu'en France, quelques inspecteurs des mines suffisent.

Nos consulats dont la plupart n'ont jamais rendu que de médiocres services, peuvent être gérés par d'honorables négociants qui feraient mieux, et, pour le titre, seraient heureux de remplir gratuitement ces fonctions.

Tout arrondissement, et toute ville dépassant quinze mille âmes, auraient droit à une chambre de commerce nommée par les patentés qui auraient la faculté de choisir en dehors de leurs rangs. Les chambres de commerce d'un même département désigneraient des délégués qui formeraient une chambre supérieure. La délégation des chambres départementales pourrait constituer par région ou pour toute la France, une sorte de représentation industrielle et commerciale, plus apte que l'inutile et dépendant Conseil supérieur du commerce. Cette institution, analogue au parlement douanier de l'Allemagne, n'émettrait que des vœux sur lesquels l'Assemblée nationale se prononcerait. Il serait

1 C'est ce qui a lieu en Belgique.

possible d'appliquer la même organisation à l'agriculture et à nos centres maritimes.

Toute chambre et tout consulat et vice-consulat adresseraient trimestriellement un rapport sur la situation de leur circonscription respective, et annuellement un résumé. Ces documents devraient être publiés dans le recueil des « Annales du Commerce. »

A ces réformes principales, le pays gagnerait en gestion féconde, en simplification rapide et économique· Il s'instruirait et prendrait goût aux affaires publiques; c'est ·pour s'en être désintéressée durant ces vingt dernières années, que la France a été conduite aux désastres de 1870.

En somme, la réforme qui placerait logiquement les administrations sous la direction des départements en réservant à l'État la conduite des affaires d'intérêt national, aurait pour conséquence de transformer les conditions du pays, de faire surgir et de rendre aptes à la vie publique les personnes les plus capables et de former des citoyens. Un souffle nouveau ranimerait la France étouffée, énervée depuis le commencement de ce siècle par la centralisation administrative gouvernementale; le fonctionnarisme, qui a déjà causé tant de mal, serait annihilé par la nouvelle organisation, ou ses inconvénients se trouveraient singulièrement atténués. Les révolutions et les coups d'état deviendraient impraticables en armant les Conseils généraux d'attributions souveraines.

Les impôts.

Trois modes se présentent pour procurer au Trésor des ressources ou développer celles qui l'alimentent : 1° par de nouveaux impôts; 2° par des économies; 3° par un ensemble de mesures qui détermineraient une extension de la production. Nous allons les examiner brièvement.

Les nouveaux impôts. — Deux genres de contributions nous paraissent surtout devoir être appliqués : 1° une taxe progressive sur le revenu ; 2° des taxes sur les consommations et jouissances de luxe.

Le revenu représente le fruit du travail, il est donc préférable de l'imposer plutôt que de frapper le travail lui-même, qui est plus ou moins rémunérateur. Telle usine peut rapporter 50,000 francs ; telle autre, ayant coûté la même somme, ne rapportera que la moitié, ou la dixième partie , ou donnera des pertes. Cependant, avec notre système actuel de répartition des charges, toutes deux paieront des impôts identiques.

Les consommations ou jouissances de luxe sont celles qui s'adressent à tout ce qui est en dehors des besoins journaliers de la vie. Tels : les domestiques , voitures et chevaux de luxe ; les hôtels , châteaux, parcs et jardins d'agrément; les pianos, les bijoux, etc. Il est donc préférable d'imposer d'abord ce qui est superflu, ou ce qui dénote la richesse, plutôt que de taxer le strict nécessaire appartenant à des familles pauvres ou moins aisées. On a commencé à entrer dans cette dernière voie, qui est la seule chrétienne, qui ne tarisse pas les sources du travail et dont l'application ferait cesser bien des récriminations.

L'impôt sur le revenu devrait présenter la double base de la progression et du nombre de têtes. Ainsi plus un revenu croîtra et plus le taux de la taxe sera relativement élevé. Ce dernier serait proportionné aux trois situations suivantes : le nécessaire, l'aisance, la richesse.

Il ne serait pas équitable d'autre part de frapper d'un même droit, un revenu de 2,000 francs, appartenant à une famille de trois membres, par exemple, et la même somme possédée par une ou deux personnes.

L'impôt sur le revenu ou *income-taxe*, a été appliqué en Angleterre de 1798 à 1816 ; à cette dernière époque l'aristocratie britannique parvint à le faire abolir. Il fut rétabli par Robert Peel, en 1842, et n'a cessé depuis de fonctionner. Il était réparti, en 1869, en cinq classes qui ont donné les résultats suivants :

Chapitre A.	Propriétaires de terres, maisons, etc............ fr.	76,000,000
Id.	B. Locataires de terres, etc...	10,000,000
Id.	C. Rentiers et fonds publics..	21,000,000
Id.	D. Négociants, industriels et professions diverses.....	95,000,000
Id.	E. Employés publics et privés.	13,000,000
	Frs	215,000,000

Le taux moyen de l'impôt est actuellement d'environ 2 % 10. Les revenus en dessous de 2,500 francs ne sont pas frappés. Le revenu total de l'Angleterre était évalué à 20 milliards 350 millions, dont 12 milliards sont imposés.

En France, on pourrait taxer à partir de 2,000 fr. ; le revenu global est évalué à 15 milliards. En estimant à 5 milliards la somme qui serait atteinte et en supposant un taux moyen de 3 %, on obtiendrait une recette de 150 millions.

En admettant que de 2,000 à 3,000 francs, le taux soit de 1 %, ce serait une taxe de 20 à 30 francs ; de 3,000 à 5,000, de 1 1/2 %, on arriverait à une perception de 45 à 75 francs. Enfin, à partir de 5,000 fr. ou de 10,000 fr. et par fraction de 2 à 3,000 fr., on pourrait élever le taux de 1/2 ou de 3/4 % à 1 % .

L'impôt ne serait donc pas élevé ; il y aurait à déterminer la quotité par tête, ou plutôt l'abaissement relatif du taux.

On a objecté que la taxe sur le revenu provoquerait des fraudes, mais est-il une seule contribution qui en soit à l'abri ? Il est probable qu'en affichant chaque année, à la porte des mairies, les déclarations locales, s'il y a déficit d'une part il y aura compensation de l'autre. Un assez grand nombre de personnes, pour des motifs d'intérêt et d'amour-propre, énonceront un revenu supérieur à celui qu'elles possèdent. Ainsi, un négociant ou un industriel n'hésitera pas à majorer ses gains de 5 à 10,000 francs, ce qui par exemple ne lui coûtera que 150 à 300 francs ; or il obtiendra en crédit et en considération un chiffre bien supérieur à cette différence. Il en sera de même des familles ayant des enfants à établir. Il est certain que depuis longtemps la pratique Angleterre aurait supprimé l'impôt sur le revenu, s'il offrait les défauts qu'on lui prête.

L'Assemblée nationale a rejeté l'impôt sur le revenu, par les raisons les moins fondées : on a dit qu'il pourrait devenir une arme de parti, comme si une nouvelle chambre n'avait pas toujours le pouvoir de l'établir ; on a prétendu qu'il serait vexatoire, terme exagéré qu'on pourrait appliquer à la plupart des impôts. Bref, aucun argument sérieux n'a pu être objecté à l'impôt sur le revenu, il n'a pu être remplacé que par des contributions sur le travail. Son application est inévitable d'ici quelques années.

Les taxes sur les jouissances de luxe ont commencé à être établies en France ; récemment on s'est décidé à frapper fort modérément les chevaux et voitures de luxe ; il ne s'agit que d'étendre ces contributions à tout ce qui justifie ce titre.

Impot douanier. — Une branche de recettes qui peut être accrue dans des limites rationnelles , c'est celle des douanes. L'impôt douanier doit, de toute logique, suivre les oscillations de l'impôt intérieur. Si on augmentait les charges du travail national sans toucher aux droits perçus à la frontière, il arriverait que nos industries écrasées sous la concurrence étrangère, iraient en s'étiolant et succomberaient. La conséquence serait l'amoindrissement de la production, c'est-à-dire du travail et du salaire.

Les produits étrangers qui entrent en France parcourent nos routes, nos canaux et nos chemins de fer ; ils profitent de notre organisation administrative et de la sécurité qui en résulte. Il est donc juste qu'ils participent au paiement des dépenses que nécessitent ces services ; sur ce point, un grand nombre d'économistes reconnaissent l'équité de frapper les marchandises venant du dehors de droits fiscaux au moins égaux à ceux que paie la production française.

La valeur créée par celle-ci s'élève annuellement à environ 20 milliards ; les impôts de toute nature peuvent être évalués à 3 milliards 500 millions environ, soit 20 % qui devraient servir de base à l'impôt fiscal.

Les tableaux qui suivent prouvent la nécessité de modifier notre système douanier ; le premier montre qu'il y a beaucoup à rabattre du prétendu esprit libéral du gouvernement anglais.

PAYS.	RECETTES DES DOUANES.	POPULATION.	DROIT D'ENTRÉE PAR HABITANT.	
	FR.		F.	C.
Gr.-Bretagne.	444,882,000 [1]	29,070,000 [1]	15	30
France......	121,115,000 [2]	38,067,900 [2]	3	18
Différences :	323,767,000		12	12

C'est-à-dire que pour atteindre l'Angleterre, nos douanes devraient produire   fr. 582,425,000

Elles ne donnent que .   121,115,000

Différence que le contribuable fran-çais paie comparativement en plus, fr. 461,310,000

La dissemblance est encore plus frappante si on prend les États-Unis :

PAYS.	RECETTES DES DOUANES.	POPULATION.	DROIT D'ENTRÉE PAR TÊTE.	
	FR.		F.	C.
Etats-Unis.	1,008,781,160 [3]	38,422,000 [3]	26	25
France. ...	121,115,000	38,067,000	3	18
Différences:	887,666,160		23	07

1 *Annuaire de l'économie politique*, 1869, — p. p. 393, 394 et 390.

2   Id.   id.   id.   1869, — p. 35.

3 *Annuaire de l'économie politique*, 1870, — p. 304 et 305. — Le dollar étant évalué à f . 5 42 c.

Il est à remarquer que le budget des dépenses de l'Angleterre s'élevait en 1870 à 1,687,625,000 francs, dont plus du quart (444 millions environ) payé en recettes de douane; celui des États-Unis monte à 1,597,439,385 francs, dont les deux tiers (plus d'un milliard) représentés par le produit des droits d'entrée. Le budget de la chevaleresque France atteignait en 1870 près de 1,800 millions, dont la quinzième partie seulement (121 millions) en impôt douanier.

S'il y a urgence à élever actuellement ce dernier, il nous paraît indispensable de ne l'augmenter qu'en ce qui concerne les produits ouvrés, afin de ne pas porter atteinte à nos exportations. Nous croyons que pour les matières premières, la législation qui existait avant la guerre doit être maintenue.

Sans prétendre, en fait de douanes, aux recettes de l'Angleterre et des États-Unis, nous croyons qu'il serait possible de faire rendre à l'impôt douanier au moins une somme double de la perception actuelle, ce qui n'équivaudrait encore qu'à fr. 6 36 par tête, permettrait d'alléger d'autant le fardeau fiscal intérieur et n'atteindrait que des produits manufacturés qui entrent pour une faible part dans la consommation de chaque famille.

Comme autres taxes à créer, signalons celle perçue en Belgique sur les foyers; celui du pauvre serait excepté, et un impôt à établir sur les valeurs remboursées avec lots ou primes.

LES ÉCONOMIES. — Nous énumérons celles que nous indiquions en mars 1871 [1] :

---

[1] *La liquidation de la dette de guerre*, par A. Stiévenart.

Suppression de 88 conseils de préfecture, à 10,000 fr. en moyenne . .	880,000 fr.
Suppression de 200 sous-préfectures, à 10,000 fr. en moyenne	2,000,000
Suppression de 88 recettes générales, à 25,000 fr. en moyenne	2,200,000
Suppression de 2000 percepteurs, à environ 3,000 fr. en moyenne . .	6,000,000
Suppression des sous-directions de contributions, environ	300,000
Suppression de 200 ingénieurs des Ponts-et-Chaussées, à 4,000 fr. .	800,000
Suppression de 200 inspecteurs d'écoles primaires, à 3,000 fr. [1].	600,000
Suppression de 284 entrepôts et entrepositaires des tabacs, à 3,000 fr. en moyenne	852,000
Suppression de 80 ingénieurs des mines, à 3,000 fr.	284,000
Abaissement du traitement de 88 préfets, de 10,000 fr. en moyenne. .	880,000
Suppression du personnel des eaux et forêts	11,000,000
Suppression des agents consulaires et réduction du traitement des ambassadeurs	3,000,000
Suppression des subventions aux beaux-arts et théâtres	2,000,000
Suppression des haras.	3,800,000
Suppression des commissaires spéciaux et réduction du contrôle des chemins de fer	1,000,000
	35,596,000 fr.

[1] Leurs fonctions seraient dévolues aux conseils cantonnaux ou à une commission *ad hoc*.

D'autres fonctions pourraient encore être progressivement abolies, sans aucun inconvénient, telles sont celles
d'inspecteurs des archives, prisons, etc. Les emplois
parasites disparaîtraient rapidement si chaque département possédait une autonomie administrative. Ajoutons
que moins de paperasserie et de formalités, une somme
plus grande de travail journalier (de neuf heures du
matin à six heures du soir, au lieu de dix heures à
quatre heures), permettraient de restreindre dans les
administrations publiques le nombre des employés, de
mieux rétribuer les autres et d'expédier plus rapidement les affaires.

Une opération à réaliser et qui aurait le double
avantage d'une économie et d'un bienfait social, serait
l'aliénation du domaine national, composé presque
exclusivement de bois et pour une faible part de
châteaux.

Le produit net des forêts était évalué au budget de
1870 à 30,297,000 francs ; en 1869, il figurait pour
29,920,000 fr. En s'appuyant sur un chiffre moyen de
30 millions et en estimant à 3 p. 100 le revenu, le
domaine de l'Etat, en bois, représenterait une valeur
nominale de 1 milliard.

Mais il est de toute évidence que la vente des forêts
ne procurerait pas une semblable somme. Les acheteurs
se baseraient sur un produit de 5 p. 100, et à ce taux,
qui équivaut à 600 millions qui, pour l'acquéreur exploitant plus économiquement, atteindrait 6 p. 100, la
nation y bénéficierait encore.

En accordant, dans les pays de plaines, des facilités
de défrichement, en multipliant les lots, et en en répartissant le paiement en plusieurs années, on accroîtrait le nombre et l'importance des offres. Il est vrai-
semblable alors qu'on vendrait sur le pied de 4 p. 100.

En somme, l'aliénation, dans les régions non montagneuses, des forêts domaniales procurerait les avantages suivants :

Gain de 1 p. 100, les bois étant vendus 4 p. 100 ;

Suppression de tout ou partie d'une administration exigeant annuellement 11 millions, soit au-delà de 1 p. 100 sur 1 milliard, et alors que le revenu net ne dépasse pas 30 millions ;

Augmentation du nombre de possesseurs du sol par un défrichement calculé, et, par suite, bienfait social ;

La production agricole croîtrait, et l'impôt, plus élevé sur les terres cultivées que sur celles couvertes de bois, progresserait [1].

Il y aurait encore avantage à vendre les châteaux et bâtiments faisant partie des forêts domaniales. La plupart ont toujours été une cause improductive de dépenses. Leur aliénation viendrait grossir les ressources financières.

Dans plusieurs localités, l'Etat est propriétaire de palais et bâtiments qu'il serait productif de vendre ou de transformer. A Paris notamment, il possède le Luxembourg et le Palais-Royal ; il serait avantageux d'aliéner ces propriétés, ainsi que les bâtiments occupés par la plupart des ministères qu'on pourrait réunir aux Tuileries.

La vente des terrains militaires d'une partie de nos places fortes, des joyaux de la couronne, ferait rentrer dans les caisses de l'Etat 15 à 20 millions.

Les sommes à récupérer de ces diverses cessions (forêts, châteaux, terrains militaires, etc.) varieraient de 6 à 700 millions.

---

1 L'Etat possédait en 1869 1,152,767 hectares, dont environ 150,000 hectares compris dans le territoire enlevé par l'Allemagne.

Une économie importante que le gouvernemeñt réaliserait sans aucun danger, consisterait dans l'émission de billets d'Etat analogues à ceux de la Banque de France, sans entrer dans aucune des opérations d'escompte de cette dernière ; le chiffre actuel de circulation de cet établissement, démesurément accru par les bons du Trésor, serait ramené à la limite des besoins commerciaux. Supposons une émission âtteignant progressivement 1 milliard, il y aurait, à 5 p. 100, gain annuel de 50 millions pour le pays. La somme n'est nullement à dédaigner.

Admettons que l'Etat soit autorisé à faire cette émission : il solderait ses dépenses au moyen de billets ; ceux-ci se répartiraient dans le public, et comme ils seraient reçus en paiement par le Trésor, il se trouverait pour les absorber constamment un budget de recettes de 2 milliards 500 millions ; cette dernière somme est perçue par des milliers de caisses publiques établies dans tous les cantons et représentant par semaine un encaissement d'environ 50 millions de francs en impôts. L'Etat reçoit et paie près de 2 milliards en billets de la Banque de France.

Il n'existe donc aucun risque, pas plus qu'à émettre des titres d'emprunt ou des bons du Trésor auxquels le billet à vue est bien supérieur et plus sûr. La circulation fiduciaire n'augmenterait pas puisque la Banque de France diminuerait le nombre de ses billets en proportion de ceux qu'émettrait l'Etat.

A cette combinaison, on opposera sans doute le cliché célèbre « de la planche aux assignats ».

Il est à remarquer que l'émission des billets d'Etat ne dépasserait pas 1 milliard, alors que cellé des assignats avait atteint 38 milliards, à une époque qui était loin de posséder l'activité industrielle et commerciale ac-

tuelle; cette dernière somme représenterait le double
aujourd'hui. En outre, on était en pleine révolution; la
guerre étrangère et civile semait l'inquiétude, et le
gouvernement anglais et les émigrés jetaient dans la
circulation des millions de faux assignats qui dépré-
ciaient les bons. Les conditions sont donc bien diffé-
rentes. Une émission par l'Etat de billets en nombre
limité n'offrirait aucune crainte, pas plus que les
bons du Trésor qui depuis un an représentent plus d'un
milliard. Le public s'accoutumerait rapidement à leur
circulation, comme il s'est habitué à celle des billets
de la Banque de France.

Le Gouvernement pourrait encore remplacer les
mandats de poste par des mandats au porteur de 1 à
50 fr., remboursables aux bureaux de poste et rece-
vables en acquit des contributions. Pour le paiement
de ces dernières, en acceptant les coupons échus de la
rente, on éviterait à l'Etat un déplacement de fonds
inutile.

Du développement des revenus. — Le rendement
des impôts est en proportion de la production. Plus
celle-ci croît et plus les recettes du Trésor s'élèvent;
il y a encore allégement dans les charges. Non-seulement les revenus publics peuvent être ainsi accrus,
mais encore on réalisera cet autre avantage d'une
rémunération plus grande du travail. Nous avons
démontré combien il restait à faire dans cette voie :
la culture de nombreuses plantes agricoles, la transformation des matières premières par nos manu-
factures, l'extraction de produits minéraux, etc., sont
bien loin d'avoir, comparativement à l'Angleterre et la
Belgique, atteint leur maximum. Nous avons signalé
les principales mesures pour doter la France de nou-

veaux éléments de richesse (chemins de fer, voies navigables, etc.); nous avons relaté la déclaration faite le
5 février 1870 au Corps législatif, par le Ministre des
travaux publics, que l'Etat retirait des voies ferrées
110 millions de francs annuellement; nous avons vu
qu'en 1871, la somme ainsi obtenue dépassait 200 millions, et nous avons prouvé que pour atteindre proportionnellement la Belgique, notre réseau ferré actuel
devrait être doublé. La comparaison suivante montre
combien de progrès la France, si admirablement placée
et si richement dotée, pourrait réaliser par un ensemble
de mesures rationnelles :

PAYS.	IMPORTATIONS et EXPORTATIONS	POPULATION	PAR TÈTE
	FR.		F.
Gr.-Bretagne.	10,745,475,600[1]	29,000,000	370
Belgique.....	1,372,500,000[2]	4,839,000	283
France	6,094,600,000[3]	38,000,000	160

C'est-à-dire que si la France atteignait par habitant
la somme à laquelle est parvenue l'Angleterre, elle aurait
un chiffre d'importation et d'exportation s'élevant à
fr. 14.060.000.000
comme il n'est encore que de . . 6.094.600.000

la différence ou perte est de . . fr. 7.965.400.000
représentant plus de 200 francs par tête dont moitié
environ en salaires.

1 *Annuaire de l'économie politique,* 1870, p 316.
2 Id., p. 272.
3 Id., p. 37.

Comparativement à la Belgique, la France devrait
exporter et importer 10.754.000.000
comme elle n'atteint que . . . 6.094.600 000
_____
le pays perd donc relativement. . fr. 4 659.400.000
ou plus de 100 francs par habitant.

La marge est grande et elle doit être plus considérable, car on n'ignore pas que, sous l'Empire, les éva-
luations des douanes étaient exagérées. Sans prétendre
atteindre l'Angleterre et la Belgique, bien que nous posséd-
dions des richesses (la production des vins, celle de la soie
et de l'olivier) que n'ont pas ces pays, nous pensons
que, par des réformes habiles, nous pourrions tirer un
parti plus avantageux des autres éléments. En supposant seulement un accroissement d'un tiers de nos
exportations et importations, soit 53 fr. en plus par tête,
ou 213 fr. au lieu de 160 fr., ce serait, pour 38 millions
d'habitants, une augmentation de plus de 2 milliards.

Notre mouvement général accru d'un tiers, c'est une
augmentation identique des revenus publics et particuliers et du travail sous forme de salaire. Quel moyen
puissant de reconstituer nos finances, quelle mine
d'activité ouverte encore à de nombreuses intelligences,
quel apaisement social et quel coup porté à la misère !
Un simple calcul fera ressortir les conséquences de ce
développement de deux milliards ; en supposant que
sur cette somme, 50 0/0, c'est-à-dire un milliard, retombe
en main d'œuvre et en estimant à 1000 fr. par an la
moyenne de gain d'un ouvrier, cet accroissement
d'affaires représenterait le travail d'un million de
personnes ou, si on le préfère, une somme d'un milliard
en salaires. Or, nous pouvons mieux.

En résumé, une répartition plus équitable, plus chrétienne des impôts est possible. Ceux-ci pourraient être

largement accrus par l'extension de la richesse publique, que provoquerait inévitablement un ensemble de
mesures habiles. Il y aurait encore allégement en pro-
cédant à des économies, qui pourraient être obtenues
sans nuire aux services publics, et même en simplifiant
ces derniers.

Les lois, délits et peines.

Chacun en France est censé connaître la loi. Cet axiôme administratif n'est rien moins qu'exact.

Pour remédier à l'ignorance générale il est plus d'un moyen : d'abord simplifier et mettre en harmonie les réglements, décrets et lois qui nous régissent ; ensuite instituer dans chaque lycée un cours de droit commercial, et donner dans les écoles spéciales quelques notions de la jurisprudence qui intéresse chaque branche. Le temple de la chicane sera peut-être moins fréquenté, mais la masse de la nation ne s'en trouvera que mieux.

On fera bien aussi d'introduire certaines réformes. Ainsi le droit de détenir préventivement un citoyen pour des faits de peu d'importance, donne lieu à des abus regrettables, scandaleux. La loi du 14 juillet 1865 permet au parquet, il est vrai, de mettre en liberté provisoire tout individu inculpé, mais en France où les haines politiques et individuelles sont si vivaces, où certains magistrats, surtout à leur début, déploient souvent un zèle inopportun, une semblable faculté offre beaucoup d'incertitude et il vaudrait mieux spécifier les cas où la détention préventive ne pourrait être appliquée. Il est affreux de penser, et de nombreux faits attestent les abus du système, que sur une dénonciation due à un ennemi ou sur de simples apparences, un citoyen peut être arraché publiquement à sa famille livrée au désespoir, quelquefois à la ruine, et mis au secret pendant des jours, des semaines et des mois. Son innocence serait-elle ensuite reconnue qu'il n'en restera pas moins frappé de déconsidération. Mieux vaut laisser parfois échapper l'inculpé, et accroître le temps d'interdiction de rentrée en France, en cas de fuite, — le bannissement volontaire à l'étranger ne constitue pas moins une peine, — en admettant qu'avec les traités d'extradition conclus avec la plupart des autres nations, on ne puisse atteindre le condamné.

La détention préventive et la possibilité de jeter dans une maison d'aliénés des citoyens parfaitement sains d'esprit, constituent les lettres de cachet du XIXme siècle. Les hommes d'État et certaines familles n'ont que trop souvent profité de ces sortes de bastilles pour assouvir leur rancune et satisfaire leurs intérêts. Actuellement, il n'existe aucune garantie sérieuse, il importe à l'honneur et à la sécurité des citoyens de les mettre à l'abri de persécutions aussi redoutables.

Notre système de peine est-il bien rationnel. Il est permis d'en douter en voyant tant de condamnés retomber dans de nouvelles fautes après leur libération. L'efficacité de la prison est fort douteuse. Il serait donc utile d'apprécier s'il ne vaudrait pas mieux remplacer l'emprisonnement par un autre mode qui constituerait à la fois une répression et un moyen de réhabilitation.

Nous pensons qu'à la prison il serait avantageux de préférer l'internement avec travail.

Ainsi il pourrait être décidé que tout individu atteint d'une peine de six mois à cinq ans, sera dirigé dans une colonie pénitentiaire en Algérie ou sur un point de la France. Ces établissements seraient de diverses natures ; les uns agricoles, les autres industriels, de façon que chaque condamné puisse, suivant ses aptitudes ou habitudes, utiliser ses connaissances, ou en acquérir. L'État en participant dans les produits, rentrerait dans les dépenses que ce système lui occasionnerait.

Peut-être au lieu de chiffrer les peines par jours de

prison, serait-il préférable de leur substituer un nombre
équivalant de journées de travail ; le condamné, qui se
refuserait à tout labeur, pourrait être mis au secret
jusqu'à meilleure volonté ; cette mesure disciplinaire
aurait rapidement raison des plus obstinés. Enfin rien
n'empêcherait de définir une journée par une production
de travail déterminée ; ce système permettrait aux plus
courageux d'avancer leur libération.

En Suisse, les internés dans quelques prisons
travaillent ; on vend les objets qu'ils fabriquent, et leur
produit, déduction faite de la matière première, leur
appartient ; chacun d'eux fait passer à sa famille ou
verse à la caisse d'épargne la part lui revenant. Lors
de sa libération il se trouve à la tête d'un petit pécule
qui lui permet de satisfaire à ses premiers besoins, de
chercher un emploi et parfois de s'établir.

Actuellement en France le condamné sort de la prison,
plus corrompu, plus dangereux qu'il n'y est entré,
grâce à l'oisiveté et au contact de ses co-détenus ; la
société est donc frustrée et plus que jamais en péril.
Il retombe fatalement dans le vol et le crime car il n'a
aucune ressource et ne trouve nulle part d'occupation ; on
se défie naturellement de lui, et personne ne veut
l'employer. Tandis que par le travail il se serait moralisé
tout en apprenant un métier.

Les condamnés au-delà de cinq ans pourraient être
internés dans une ile de l'Océanie où ils deviendraient
à leur libération, propriétaires d'une portion de terrain
L'exemple de la Nouvelle-Hollande colonisée par des
convicts montre la possibilité et les avantages de ce
système.

Nous avons en France dans les prisons, et au sein de
la société, une véritable armée de malfaiteurs. C'est un

péril qu'au nom de la sécurité publique et de l'humanité, il est prudent de faire disparaître ou d'amoindrir.

La législation sur les délits de presse devrait être transformée. La prison ne devrait pas, dans un pays soucieux de la dignité humaine, du droit de l'intelligence, frapper les écrivains politiques. L'emprisonnement n'a jamais servi qu'à exaspérer les esprits, au lieu de les guérir; il a toujours soulevé en faveur du condamné de nombreuses sympathies et n'a sauvé aucun gouvernement. Mieux vaudrait, comme le faisaient nos pères, employer le système du bannissement temporaire. En Angleterre, aux Etats-Unis, en Belgique et en Suisse le banni trouverait à s'instruire et reviendrait peut-être, au point de vue de ceux qui l'ont frappé, à de meilleurs sentiments; tandis que le traitement barbare de l'emprisonnement au lieu de guérir le condamné politique, n'aura servi qu'à rendre sa haine plus vivace et plus redoutable. L'expérience de la prison ayant été depuis le commencement de ce siècle contraire à toutes les prévisions, il y a évidemment lieu d'essayer le système que nous indiquons.

Résumé.

L'adhésion à la forme républicaine des citoyens qui placent l'intérêt de la France au-dessus des convoitises de quelques familles, telle est la solution qui peut seule, on ne saurait trop le répéter, nous préserver de nouvelles catastrophes. C'est le parti du patriotisme et du bon sens public.

Les deux principes de la souveraineté nationale et de la monarchie héréditaire sont d'ailleurs inconciliables, et cette hostilité naturelle, inévitable, a provoqué la plupart de nos crises. Si, dans un pays aussi divisé que la France, une royauté pouvait être demain établie, en vertu de quel droit notre génération viendrait-elle engager, aliéner la souveraineté des autres générations nécessairement plus expérimentées ? Comment admettre l'existence d'un pouvoir exécutif immuable alors que la Chambre, les conseils généraux et municipaux sont logiquement soumis à un renouvellement périodique. L'histoire en main, on est fondé à affirmer que cette confiscation du droit national a été la source constante de nos révolutions. La génération de 1830 a prouvé que celle de 1815 avait outrepassé son mandat en prétendant la river à une dynastie ; 1848 a protesté de même envers 1830, et 1870 vis-à-vis de 1851. Nous serions voués à un malaise permanent et nous courrions à de nouvelles aventures, si tant de leçons devaient encore une fois demeurer incomprises.

L'organisation républicaine réunit donc seule toutes les conditions désirables de stabilité et de supériorité ; elle respecte la souveraineté nationale, dont elle est la

loyale, logique et complète expression, puisque le pays,
par ses mandataires, nomme son président pour un
délai déterminé, et, par cette réserve du droit de chaque
génération, prévient l'antagonisme de deux principes
contraires. Elle offre l'avantage d'appeler au pouvoir et de
l'y maintenir, si la majorité le juge tel, l'homme d'État
le plus capable, le plus apte à gérer fructueusement et économiquement le pays; garantie inappréciable de bonne
et intelligente administration. Elle donne satisfaction à
toutes les convictions honnêtes, car elle permet à chaque
parti, par le mouvement des élections, d'arriver au pouvoir
et de faire triompher ses idées. A quoi bon alors un
monarque condamné à un système énervant de bascule,
et dont le perpétuel souci consisterait à affaiblir les
prérogatives de la nation qu'il troublera sans cesse, et
à favoriser ses familiers, dont il sera le jouet et l'homme
de paille. Tout règne commence par des promesses qui
ne sont jamais tenues.

Ces vérités frappent les esprits qui jugent impar-
tialement et apprécient, sans autre mobile que l'intérêt
national, la situation et ses nécessités. Elles doivent
éclairer le pays et le guider. Les souteneurs de la
monarchie oseraient-ils affirmer après tant de leçons
lamentables, qu'une royauté établie aujourd'hui serait
encore debout demain ? Au lieu de chercher à agiter et
à diviser la France, la froide raison ne devrait-elle
pas les engager à s'unir patriotiquement pour consolider
définitivement le gouvernement actuel, et clore ainsi la
porte des révolutions.

L'idée républicaine, qui a rallié de si nombreux
partisans, finira par sortir victorieuse de la lutte
qu'elle soutient en faveur du pays, contre des convoitises
personnelles et des convictions irréfléchies, car elle est
bien la vérité gouvernementale. Celle-ci pourra être

obscurcie, calomniée et succomber peut-être encore ;
mais ces éclipses seront passagères : l'intérêt national
triomphera finalement de l'intérêt dynastique. Encore
quelque temps, et il ne subsistera plus en France
que deux partis, l'un composé de conservateurs-
républicains, l'autre de radicaux ; le premier dont
le programme se résumera par ces mots : *conservation par le progrès*, votant l'introduction graduée
d'améliorations, en tenant compte de la question d'op-
portunité et de maturité ; l'autre croyant à la possibilité
d'une application entière, immédiate, et tous deux
pouvant avoir raison suivant les cas.

C'est sur cette divergence que la discussion, débarrassée enfin des irritantes et insolubles compétitions
monarchiques, se concentrera.

A côté de ces deux partis qui représenteront les
Torys et les Wighs de l'Angleterre, ou les démocrates
et les républicains des Etats-Unis, ou mieux encore,
les conservateurs et les radicaux de la République
Suisse, il s'en trouvera un troisième, celui des utopies
sociales qui a existé sous tous les régimes, dans tous
les pays et qui subsistera toujours, car il y aura toujours un certain nombre de rêveurs plus ou moins
sincères. Mais composé d'éléments disparates, hostiles,
il n'a aucune influence sérieuse et déclinera rapidement
sous l'action bienfaisante de l'instruction et de sages
améliorations. Toute sa force est dans le retard apporté à l'accomplissement de ces dernières. Le but
de ce travail a été précisément de signaler les
principales réformes à accomplir, de prouver leur
utilité et de mettre fin à de funestes malentendus
sociaux. Il n'en est aucune dont la réalisation ne soit un
bienfait et un moyen d'affermir la paix sociale. Quelques-
unes ne sont redoutables que pour certains privilégiés

ou parasites qui vivent des abus actuels. Aucune n'est nouvelle, puisque toutes sont appliquées chez d'autres peuples et que l'expérience de leur efficacité est faite.

La première, l'instruction, a fait la grandeur de la Prusse et des Etats-Unis ; elle est le phare qui dissipera les ténèbres sociales et politiques, aussi n'est-elle combattue que par ceux qui craignent, pour leurs idées, l'éclat de la lumière, et qui croient que l'obscurité est le meilleur moyen d'avoir raison. Or, nous avons en France d'excellentes conditions pour procurer aux citoyens une éducation qui ferait la puissance de la nation, en utilisant et en fécondant toutes les ressources intellectuelles qu'elle renferme. De 6 à 13 ans, l'enfant fréquentant l'école et ne pouvant la quitter qu'après avoir obtenu un certificat de capacité, aura appris à lire, à écrire et à compter ; il aura reçu certaines notions d'économie domestique et développé ses forces par le gymnase. A 20 ans, au moment où l'homme est dans toute la plénitude de ses facultés, où, au seuil de la vie, il se trouve sur le point de choisir une carrière, il recevra sous les drapeaux un complément d'instruction, qui lui permettra de surmonter plus facilement les difficultés de l'existence, qui lui créera des goûts d'étude et de réflexion. Il sera mis en garde contre les illusions de certaines doctrines qu'il apprendra à apprécier et dont le merveilleux ne tiendra pas devant sa raison fortifiée et agrandie.

A côté de l'instruction qui satisfait la nature intellectuelle, il y a les réformes touchant le travail dont elles étendront le domaine, qu'elles rendront plus rémunérateur et dont l'application accroîtrait les ressources de la partie la plus pauvre de la nation, tout en faisant bénéficier les autres classes par le développement considérable de la production qui en résulterait. Il y a encore les améliorations concernant l'administration du pays par le pays, la répartition équitable des impôts, etc. Cette transformation bienfaisante en élargissant le cercle de l'activité nationale, en habituant les citoyens à gérer eux-mêmes leurs intérêts, fera taire bien des récriminations et sera le meilleur moyen de réduire à une infime minorité les bâtisseurs de châteaux sociaux.

Il n'est pas un pays qui soit mieux doté que la France, et, à tous les points de vue, elle tiendrait le premier rang parmi les nations, si les lacunes que nous avons signalées, étaient comblées. Sous le rapport moral, la race française a, de l'aveu de ses adversaires, l'intelligence prompte, l'esprit primesautier, elle est sans rivale dans les arts où l'imagination joue le principal rôle ; mais l'ignorance la prive d'une partie de ses forces et il lui manque la réflexion et la persévérance, qualités qu'une solide et générale instruction lui procurerait. Sous le rapport des conditions du travail, la France possède de précieux éléments que n'ont pas ou n'ont que dans des proportions relativement infimes, l'Angleterre, la Prusse et la Belgique, telle que la production du vin, la culture de l'olivier et celle du mûrier [1]. Comme moyen d'écoulement de ses produits et de réception, elle est admirablement située et son territoire est placé à l'intersection des grandes routes commerciales ; elle possède un pied sur la Méditerranée, l'Atlantique et la mer du Nord ; elle touche l'Espagne, l'Italie, la Suisse, l'Allemagne et la Belgique ; elle

---

[1] La production de la vigne, qui occupe près de deux millions d'hectares, répartis dans 78 départements, atteint annuellement 7 à 800 millions de francs, celle de la soie non travaillée 140 à 150 millions. (*Notre Pays,* par Jules Duval.)

renferme les climats les plus variés, toutes les richesses
minérales, industrielles connues, les sols les plus divers
et propres à toute culture. Cependant elle emprunte
annuellement à l'étranger pour plus de 100 millions de
francs de combustibles, alors qu'il lui serait possible
d'extraire de son sein une quantité double et triple
de sa consommation houillère actuelle. Il en est de
même du fer, du plomb, et comme l'Angleterre et la
Belgique, elle pourrait, avec certaines améliorations,
travailler elle-même les minerais de cuivre, de zinc, etc,
venant du dehors. Son sol cultivé ne produit en moyenne
que le tiers environ de ce qu'il pourrait donner [1], une
partie reste en outre en jachère ou en friche [2], alors
qu'elle est obligée chaque année de s'alimenter au loin
pour une somme considérable. Ses habitants voient par
suite leur activité limitée, des richesses importantes
se dérober, leur labeur restreint et moins rémunérateur ;
ils sont naturellement mécontents. A quoi attribuer
cette déperdition de bien-être et de main-d'œuvre,
cette différence d'expansion, si ce n'est à une organisation vicieuse des conditions du travail et à l'ignorance
générale.

Signaler les moyens de mettre fin à une situation
inférieure et préjudiciable, de procurer honnêtement
à toutes les classes de la société et surtout aux classes

---

1 Le rendement en blé de toute la France est, en moyenne par hectare,
de 13 à 14 hectolitres quand dans les terres bien cultivées, il oscille de
20 à 30. Notre production agricole, qui se chiffre pour le seul froment à
100 millions d'hectolitres, représentant à 20 francs, 2 milliards, pourrait
être accrue d'un tiers

2. Sur 52 millions d'hectares qui composent le territoire français, déduction
aite de 2 millions comprenant le lit des fleuves, rivières, canaux, routes,
acs, il existe 9 millions de bois et forêts, sur le restant 43 millions, il se
rouve encore 8 millions d'hectares en friche et 5 en jachère, soit près du
tiers. (*Notre Pays* par Jules Duval.)

laborieuses un accroissement de ressources bien
désirable, tel a été, avec la constitution de nouvelles
mœurs politiques et administratives, le principal objectif
de cette étude. Nous l'avons à dessein intitulée : *les
Réformes nécessaires*, parce qu'il y aurait injustice et
péril à ne pas dégager le plus rapidement possible le
pays de la position déplorable où il a été conduit. Quand
une carrière plus large aura été ouverte à l'activité des
citoyens, quand le travail national ne sera plus paralysé,
amoindri et par suite mal rétribué ; quand l'instruction
aura été plus répandue et que l'éducation politique se
sera faite en ce qui touche les élections et fonctions
communales, cantonnales et départementales ; quand au
lieu d'avoir, comme depuis soixante-dix ans, des monar-
chies qui ne peuvent être que des expédients, menant
tôt ou tard à d'inévitables catastrophes, nous aurons
enfin la stabilité gouvernementale, que seul le régime
républicain peut procurer, alors la France, débarrassée
des liens qui l'enchaînent, des compétitions dynastiques qui la troublent, sera florissante, heureuse et
honorée. Elle sera à l'abri des perturbations politiques
et sociales, car par d'habiles améliorations elle aura
trouvé contre elles le plus sûr préservatif.

C'est à la conquête de si désirables, de si avantageux
résultats, que nous convions à s'unir les honnêtes gens
qui ne voient que le seul intérêt de la France. Ils
peuvent, par leurs efforts, éclairer les esprits indécis ou
plutôt ignorants, et ouvrir à la nation une ère immense
de prospérité et de grandeur. Aux indifférents, encore
si nombreux, nous ferons remarquer que leur abstention
ne les préservera pas des révolutions, qu'elle est la
cause de celles-ci, et que leur intérêt particulier est
d'accord dans ce cas avec l'intérêt général pour les
engager à sortir de leur inertie. Nous leur rappellerons

ce mot de Royer-Collard à une personne qui lui répondait qu'elle ne s'occupait pas de politique : « Prenez garde que la politique ne s'occupe de vous. » C'est pour avoir oublié cette vérité, c'est pour s'être désintéressée des affaires publiques que la France a été conduite à tant de guerres dynastiques et de révolutions. Citons encore ce beau vers de Térence qui devrait être la maxime de tous les esprits intelligents. « Je suis homme, et rien de ce qui est humain ne m'est indifférent. »

TABLE DES MATIÈRES

DU MÊME AUTEUR

Rapport de la Commission permanente lilloise du travail,
à l'Enquête parlementaire sur le Régime économique, et
par M. H. VERLY. — 1869.

La Liquidation de la Dette de guerre. — Mars 1871.

Réponse au Mémoire du Conseil d'administration de
la Compagnie des chemins de fer du Nord-Est. —
Mars 1872.

Question du Nord-Est. — Solution. — Août 1872.

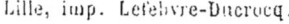

Lille, imp. Lefebvre-Ducrocq.

www.ingramcontent.com/pod-product-compliance
Lightning Source LLC
Chambersburg PA
CBHW060817250626
47162CB00005B/1828